東北おんば訳

石川啄木のうた

編著　新井高子

未來社

東北おんば訳　石川啄木のうた

装幀・題字　榎本了壱
デザイン　蛭田恵実
ATAMATOTE International

目次

一～五の中扉の左下にあるQRコードをスマートフォンなどで読みとると、
おんば訳の朗読を聴くことができます。

はじめに

おんばが紡いだうた

東北生まれの歌人、石川啄木の短歌をその土地言葉に訳して、本を作る――。きっかけは、東日本大震災でした。詩にもなにかできないか。日本現代詩歌文学館（岩手県北上市）の協力を得て、大船渡市の仮設住宅集会室や総合福祉センターを会場に、地元の皆さんとの啄木訳プロジェクトを立ち上げたのは、二〇一四年十一月のこと。それから回数を重ねるごとに、圧倒的な言葉の豊かさに、むしろ、わたしが魅了されました。そして、九回の催しを経て、一〇〇首の訳ができました。

参加のほとんどは、大船渡で「おんば」*と呼ばれる年輩の女性たち。マス・メディアが発達していない時代に、標準語にあまり接することなく子ども期を過ごした、いわば、土地言葉の達人が大黒柱になったこの企画を、「おんば訳」とわたしは名づけるようになりました。

一回の催しに集まるのは、五〜十人程度。ありがたいことに、面白がって常連になる皆さんも、しだいに出てきました。濃い関係を築くことができました。

啄木短歌のプリントを配り、「ここはどうですか」と投げかけると、「んだなぁ」と間《ま》を入れて、それぞれの返事が飛んできます。細かい地域や仕事によっても、じつに多彩なのが大船渡の土地言葉。そのなかで、語呂やリズムの良いもの、啄木の意に最も合うものを選び、ワイワイ話し合いながら、黒板に書きとるのがわたしの役目。おんばたちは、ときに腕組みし、ときにでき上がった訳に大笑いしてましたっけ。そのエネルギーに、若手の女性も男性の参加者も、目を瞬《しばた》いておりました。

三陸海岸の、おおどかな媼《おうな》が紡いだ啄木のうた。ちょっと幻想的に、「海のおんばのうた」と呼びたい気もしています。

＊「おんば」：おばあさん、おばさんの意。親しみや敬愛を含んだ呼びかけの言葉。

凡例

・石川啄木の短歌は、『新編 啄木歌集』（岩波文庫、一九九三年）に準拠した。
・おんば訳は、一般に使われる文字表記法の範囲で記した。催しの参加者等と話し合いながら、できる限りその声に近づけたが、表わしきれていない発音等もある。
・おんば訳には、「エ」の母音をもつ仮名文字（X）に、小さい「ァ」が付いた、「Xァ」の表記があるが、これは標準語にはない二重母音「エァ」を伴う音。

一

東海《ひんがす》の小島《こずま》の磯《えそ》の砂《すか》っぱで

『一握の砂』「我を愛する歌」より三一首

東海《ひんがす》の小島《こずま》の磯《えそ》の砂《すか》っぱで
おらァ 泣《な》ぎざぐって
蟹《がに》ど 戯《ざ》れっこしたぁ

東海《とうかい》の小島《こじま》の磯《いそ》の白砂《しらすな》に
われ泣《な》きぬれて
蟹《かに》とたはむる

「おんば訳」したとたん、三陸海岸の歌のようじゃありませんか。「砂《すか》っぱ」は、潮が引いて現われた砂浜のこと。「泣《な》ぎざぐって」は、「泣きぬれて」より、もっとびしょ濡れか。

頬《ほ》っぺださ つだった
なみだァ 拭《のご》わねァで
一摑《ひとづが》みの砂《すな》っこ翳《かざ》した人《ひど》ァ 忘《わ》っせらィねァ

頬《ほ》につたふ
なみだのごはず
一握《いちあく》の砂《すな》を示《しめ》しし人《ひと》を忘《わす》れず

おんばの声で「一握の砂」を読むと、「いちあぐのすな」。さらに言葉を開くと、「ひとづがみのすなっこ」。なけなしの力でさし出す人の手の震えを「忘《わ》っせらィねァ」、忘れられないと表わすと、切実さも増してくるよう。

大海《おみ》さ向《む》がって たった一人《しとり》で
七《しぢ》、八日《はぢんち》
泣《な》ぐべど思《おも》って 家《ええ》ば出《で》てきたぁ

大海《たいかい》にむかひて一人《ひとり》
七八日《ななやうか》
泣《な》きなむとすと家《いへ》を出《い》でにき

大津波のすぐ後は、もう海は見たくないと言っていた人が、しばらくして、「おらァ、やっぱり、海見ないとダメんなる」。そんな心の変化を大船渡で聞いたことがあります。

砂《すな》っこの山裾《やますそ》さ転《ころ》がった 流《なが》れ木《ぎ》さ
あだりほどり見回《みまあ》して
ものっこ 語《かだ》ってみんべ

砂山《すなやま》の裾《すそ》によこたはる流木《りうぼく》に
あたり見《み》まはし
物言《ものい》ひてみる

「あだりほどり見回《みまあ》して」「語《かだ》ってみんべ」という声に、ほっこりした恥ずかしみ。「っこ」は、小さいもの、かわいいものに付けるそう。「砂っこ」「ものっこ」と、自然な韻にもなって不思議。

大《でァ》どいう字《じ》 百《しゃぐ》ばり
砂《すな》っこさ 書《け》ァでがら
死《し》ぬごど止《や》めで 帰《け》ァって来《き》た

大《だい》といふ字《じ》を百《ひやく》あまり
砂《すな》に書《か》き
死《し》ぬことをやめて帰《かへ》り来《きた》れり

「大《だい》」という音読みも、「でァ」と土地言葉に。ともかくその日は死を選ばなかったかのような啄木の孤独な歌にくらべ、おんば訳では、生きる意思を固めた人のきっぱりした啖呵《たんか》が立ち上がって。

戯《おだ》ってで おっ母《かあ》おぶったっけァ
あんまり軽《かる》くて泣《な》げできて
三足《みあし》も 歩《ある》げねァがったぁ

たはむれに母《はは》を背負《せお》ひて
そのあまり軽《かろ》きに泣《な》きて
三歩《さんぽ》あゆまず

「おだづ」は、戯れる、ふざけるの意。「おぶったっけァ」は、背負ったらの意。「けァ」「ねァ」は、口を大きく開け、母音の「エ」と「ア」をつなげる当地ならではの音。軽くなった母親にたじろぐ実感が、そんな土地の響きのなかにも滲むよう。

鏡《かがみ》見《み》で
あったげ 色《えろ》んな顔《つら》しでみだぁ
泣《な》ぎ飽《あ》ぎだ時《どぎ》

鏡《かがみ》とり
能《あた》ふかぎりのさまざまの顔《かほ》をしてみぬ
泣《な》き飽《あ》きし時《とき》

大船渡の濁音はたいへん自由。「なぎあぎだどぎ」は、「なぎあぎたとぎ」でも「なきあぎだどき」でも、じつはいい。人によって、いいえ、そのときの気持ちや口のなかの流れによってさまざま。「あったげ」は、あるだけの意。

なみだァ なみだァ
不思議《おがす》もんだなぁ
そんで洗《あ》れァば 戯《おだ》づだぐなるなぁ

なみだなみだ
不思議《ふしぎ》なるかな
それをもて洗《あら》へば心戯《こころおど》けたくなれり

「なみだァ なみだァ」と長く伸びたとたん、だらだら頬をつたう動きまで見えてきそう。不思議のルビは、「おかしい」が訛って「おがす」。精いっぱい泣いて、おどけた気持ちが湧いてきた「海のおんば」の大きな顔が目に浮かびます。

たまにある
この まっ平《てァら》な心《こごろ》ン時《どぎ》ァ
時計《とけぇ》の鳴《な》んのも おもっしぇぐ聴《き》ぐ

まれにある
この平《たひら》なる心《こころ》には
時計《とけい》の鳴《な》るもおもしろく聴《き》く

「おもしろく」は、じつは「おもっしぇぐ」だけではありません。「おもっせぐ」も「おもしょぐ」も「おんもしぇぐ」も……。おんばたちの話し言葉の世界は、驚くほど多様。一人一人がじぶんの言葉をもっていると言っていいほど、分厚い。

ふっと　おっかねァぐなって
ちょんとして
それがら　静《すず》がに臍《へそ》ぉほじぐる

ふと深《ふか》き怖《おそ》れを覚《おぼ》え
ぢつとして
やがて静《しづ》かに臍《ほそ》をまさぐる

舞踏家の土方巽《ひじかたたつみ》は秋田出身ですが、この訳ができたとき、彼の姿をわたしは思い出しました。啄木にも土方にもおそらく通底している、東北の深みにある「からだ」。おんばの声を通して浮上した気がして……。「ちょんとする」は、じっとするの意。

どごだべ、いっぺァの人《ひと》ァど 我《わ》れ先《さぎ》ど
くじ引《ひ》ぐようだぁ
おらも引《ひ》ぎでァ

何処《どこ》やらに沢山《たくさん》の人《ひと》があらそひて
鬮引《くじひ》くごとし
われも引《ひ》きたし

「何処やらに」が「どごだべ」、どこだろうと問い掛けに。ぎょろっと、人だかりを探る眼ざしが際立ちます。「いっぺァ」はいっぱい、「人《ひと》ァど」は人たち、「引《ひ》ぎでァ」は引きたい、の意。

ごせぇやげる時《どぎ》ァ
まずひとっつ 鉢《はず》ぼっこして
九百九十九《きゅうしゃぐきゅうじゅうきゅう》ぼっこして 死《し》ぬべがな

怒《いか》る時《とき》
かならずひとつ鉢《はち》を割《わ》り
九百九十九《くひやくくじふく》割《わ》りて死《し》なまし

「ごせぇやげる」は、業が煮える、立腹するの意。「鉢《はず》ぼっこして」「九百《きゅうしゃぐ》」「死《し》ぬべがな」……、太さと勢いをもった、浜のおんばの声色は、器を割ろうとする気持ちを、いっそう大胆不敵にさせるよう。

やっこぐ積《つ》もった雪《ゆぎ》さ
熱《ほ》どった頬《ほ》っぺだ つっ込《こ》みでァぐらァ
好《す》ぎになりでァなぁ

やはらかに積《つも》れる雪《ゆき》に
熱《ほ》てる頬《ほ》を埋《うづ》むるごとき
恋《こひ》してみたし

柔らかいは、「やっこえ」。「こえ」は「いくらか……だ」の意で、「ほそこえ（細い）」「ぬるこえ（温い）」等も。「埋むる」が「つっ込む」と表わされると、無邪気なほどまっすぐな情熱に。本歌のロマンチシズムもすてきだけれど。

手《て》っこも足《あし》っこも
家《え》ん中《なが》いっぺァに 広《ひろ》げで
さぁで、ゆっぐり起《お》ぎ向《む》ぐっかなぁ

手《て》も足《あし》も
室《へや》いっぱいに投《な》げ出《だ》して
やがて静《しづ》かに起《お》きかへるかな

なんとも愛らしい「手《て》っこ」「足《あし》っこ」。からだから、いくらか自立して動いているようにも響きませんか。部屋いっぱいにそれが広がった姿は、ユーモラス。「さぁで」は、「やがて」と「さて」がドッキングした時間かもしれません。

百年《しゃぐねん》の長《な》ンげぇ眠《ねぶ》りァ覚《さ》めだみでァに
呿呻《あくび》してでァなぁ
なんにも思《おも》ァねァで

百年《ももとせ》の長《なが》き眠《ねむ》りの覚《さ》めしごと
呿呻《あくび》してまし
思《おも》ふことなしに

「百年《しゃぐねん》の長《な》ンげぇ眠《ねぶ》り」という言葉の響きは、啄木の歌にくらべて、ちょっと大げさなようですが、おんばたちの震災後の日々が、行間に隠れているような。それが夢であったら……と、よく耳にしました。

路傍《みぢばだ》で 犬《いぬ》ァながながーど あぐびしてだぁ
おらも真似《まね》した
けなりくてさぁ

路傍《みちばた》に犬《いぬ》ながながと呿呻《あくび》しぬ
われも真似《まね》しぬ
うらやましさに

「ながながー」と伸びたところが、いかにも大あくび。奥の歯並びまで見わたせそうで、こちらもつられて、あくびが出そう。「けなりィ」は、うらやましいの意。古語の「けなるい」に由来しているとのこと。

今朝《けさ》はやぐ
嫁《よめ》ごに行《い》がねぇ妹《いもーど》の
ラブレタみだいな手紙《てがみ》ば 見《み》ですまった

朝《あさ》はやく
婚期《こんき》を過《す》ぎし妹《いもうと》の
恋文《こひぶみ》めける文《ふみ》を読《よ》めりけり

ラブレターは「ラブレタ」。外来語も「おんば言葉」になるんですねぇ。これを訳したとき、「見ですまった（ばばばば！）」と、カッコを付ける案も出ました。「ばばば」は、久慈の海女さんの「じぇじぇじぇ」と同じで、驚きの表現。

目《め》の前《めァ》の菓子鉢《かしばず》なんと
ガリガリッと 齧《かじ》ってみでァぐなったぁ
やァせねァなぁ

目《め》の前《まへ》の菓子皿《くわしざら》などを
かりかりと噛《か》みてみたくなりぬ
もどかしきかな

噛もうとする口が大きく、歯もヤケにたくましいおんば訳。濁音豊かなその響きには、鉢を砕く勢いさえありそうな。「やァせねァ」は、標準語の「やるせない」よりも、いら立ちや焦りの感情をもった語とのこと。

何《なん》となぐ
ハカハカど 走《は》せ抜《ぬ》げでみだぐなったよぉ
草《くさ》っぱらあだりば

何《なに》がなしに
息《いき》きれるまで駆《か》け出《だ》してみたくなりたり
草原《くさはら》などを

「息きれるまで」が「ハカハカ」と表わされ、おんばの力走の呼吸がまざまざ伝わってくるよう。大船渡には面白い擬態語もたくさんあって、例えば、「こみこみ」はしみじみ、「ごぎごぎ」はとげとげしい様子。

とっどぎでも着《き》て
旅《たび》しでァなぁ
今年《こどし》も 思《おも》いながら過《す》ぎだどもなぁ

あたらしき背広《せびろ》など着《き》て
旅《たび》をせむ
しかく今年《ことし》も思《おも》ひ過《す》ぎたる

「とっどぎ」は、とっておきの服、一張羅の意。ほかの訳もそうなのですが、「旅《たび》しでァなぁ」「過《す》ぎだどもなぁ」と語尾が長く伸びると、自然な詠嘆とともに脚韻が踏まれます。

なんだかんだで 表《おもで》さ出はれば
おっ日《しゃ》まの 温《ぬぐ》さ あって
ほぉーっとしたぁ

とかくして家《いへ》を出《い》づれば
日光《にっくわう》のあたたかさあり
息《いき》ふかく吸《す》ふ

「日光のあたたかさ」が、おんば訳では「おっ日《しゃ》まの温《ぬぐ》さ」。お日《ひ》さまより、さらに親しみぶかく、肌により添う温かみ。「なんだかんだ」「ほぉーっと」にも、精いっぱい働いてきた女たちの実感が滲んで。

こやァがってる 牛《べーご》のよだれァ
だらだらど
千万年《せんまんねん》も尽《つ》ぎねァみでァだ

つかれたる牛《うし》のよだれは
たらたらと
千万年《せんまんねん》も尽《つ》きざるごとし

「べーご」と伸ばした音にも、くたびれた様子が宿っているよう。「こやァ」は疲れたの意。「こうぇァ」とも言う。その「うぇ」の音は、標準語で失われた「ゑ(we)」。大船渡の言葉は音の数が多く、ひらがなで十分に表わしきれません。

大《おお》ような心《こごろ》ンなったぁ
歩《ある》ぐにも
腹《はら》さ　力《ちがら》ァ溜《た》んまるようだぁ

おほどかの心来《こころき》たれり
あるくにも
腹《はら》に力《ちから》のたまるがごとし

大船渡弁では、歌の詠み手がお相撲さんのように立派な体格ではありませんか。「溜《た》んまる」と、「ん」が入って、ずっしり腹が座ります。ゆうゆうと地べたを踏みしめていく、大らかな「おんば」の姿が目に浮かんで。

誰《だり》ァ見《み》でも　とりどごのねァ男《おどご》ァ来《き》て
威張《いば》って帰《け》ァった
もぞぐもあんべが

誰《たれ》が見《み》てもとりどころなき男《をとこ》来《き》て
威張《ゐば》りて帰《かへ》りぬ
かなしくもあるか

啄木の歌には「かなしい」という語が頻出しますが、おんばたちは見事に訳し分けているので、ご注目を。ここでの「かなしい」は「もぞえ」。かわいそうな、哀れなの意。カラ威張りする男を、むしろかわいそうだととらえたんですねぇ。

稼《か》せぇでも
稼《か》せぇでも なんぼ稼《か》せぇでも楽《らぐ》になんねァ
じィっと 手《て》っこ見《み》っぺ

はたらけど
はたらけど猶《なほ》わが生活《くらし》楽《らく》にならざり
ぢつと手《て》を見《み》る

「ぢつと手を見る」の訳には、「じィっくり手《て》ぇ見《み》だぁ」の案もありました。この方が本歌の切実さをくみとっているのですが、迷った末に「じィっと手っこ見っぺ」に。深刻さを軽《かろ》みで包むのも「海のおんば」らしいかと……。

ある朝《あさ》ま　嫌《や》んた夢見《ゆめみ》だ起《お》ぎがげに
鼻《はな》さ入《へ》ァった、
味噌汁《おづけ》のにおいっこ

ある朝《あさ》のかなしき夢《ゆめ》のさめぎはに
鼻《はな》に入《い》り来《き》し
味噌《みそ》を煮《に》る香《か》よ

「かなしき夢」をいやな夢ととらえ、「嫌《や》んた」。「朝ま」は、朝ごはんの前後の頃合いだそう。味噌汁は「おづげ」。「においっこ」と「っこ」が付いて、おいしそうな、濃いにおいが、大きな鼻穴に飛び込んだよう。

あっ時《とぎ》の　おらの心《こごろ》ぉ
焼《や》いだばりの
パンさ似《に》でるど思《おも》ったっけぇ

或《あ》る時《とき》のわれのこころを
焼《や》きたての
麵麭《ぱん》に似《に》たりと思《おも》ひけるかな

啄木は、こんないまっぽい胸膨らむ歌も詠んでいたのか……。おんばの声を通して、むしろ気づかされたわたし。「あっ時《とぎ》」は、ある時、あの時、「焼《や》いたばり」は、焼いたばかりの意。「思《おも》ったっけぇ」は、ありあり思い出している感じ。

いづがのごど
座敷《ざすぎ》の障子《そーじ》 はり替《げ》ァだれば
その日《ひ》ァそんで さっぱどしたったぁ

ある日《ひ》のこと
室《へや》の障子《しやうじ》をはりかへぬ
その日《ひ》はそれにて心《こころ》なごみき

啄木の方は、実際にはり替えたのは奥さん？「心なごみき」を「さっぱどした」、障子も心もさっぱりしたと表わしたおんば。せっせと、からだを動かしてきた人の汗の実感が、ふと漏れているよう。

友《とも》だぢが　おらよりえらぐ見《め》える日《ひ》ァ、
花《はな》っこ買《か》って来《き》て
ががぁど　はなしっこ

友《とも》がみなわれよりえらく見《み》ゆる日《ひ》よ
花《はな》を買《か》ひ来《き》て
妻《つま》としたしむ

友への嫉妬、それゆえの哀感など、心の内側が滲む啄木にくらべ、おんば訳は濃厚な生活感。女房といっしょに囲む、コタツ布団の染みなども、行間から見えてきそう……。「花《はな》っこ」「はなしっこ」、似た音のくり返しも温かくて。

何《な》ァして
此処《こご》さ おらァいるんだべ
時《たま》にたまげで 部屋《へや》ァ眺《なが》める

何《なに》すれば
此処《ここ》に我《われ》ありや
時《とき》にかく打驚《うちおどろ》きて室《へや》を眺《なが》むる

先日、大船渡の友人から葉書が来ました。自宅が流され、直後は親類宅、避難所、それから仮設住宅。葉書には、復興住宅への転居が記されていました。「何《な》ァして／此処《こご》さ おらァいるんだべ」、何度か浮かんだ言葉かもしれません。

てんでんの人の心《しとごころ》さ
一人《しどり》ずづ 罪人《ざいにん》が居《え》で
呻《うめ》ぐのァ かなしィ

人《ひと》といふ人《ひと》のこころに
一人《ひとり》づつ囚人《しうじん》がゐて
うめくかなしさ

じつは、土地言葉で「囚人」はなにか、しばし頭を抱えたおんばたち。そして、「罪人《ざいにん》」が一番近いかな、と……。壁に閉じ込められた囚人が、おんばの語彙にないこと、わたしはハッとしたのです。「てんでん」は、それぞれの意。

えらえらずぅ心《こごろ》よぉ、あんだァ　もぞえなぁ

まんずまんず

ひと息付《いぎつ》がいや

いらだてる心《こころ》よ汝《なれ》はかなしかり

いざいざ

すこし呿呻《あくび》などせむ

「えらえらずぅ」はいらいらする、「もぞえ（もぞい）」はかわいそうの意。「まんずまんず」は大船渡でよく聞く言葉で、まず、とりあえず、まあまあ等、いろいろな意味。その響きに、ひと息つく呼吸がすでに入っていそう。

エッセイ

啄木と土地言葉

石川啄木は、明治一九（一八八六）年、岩手県南岩手郡日戸《ひのと》村で、寺の住職の長男として生まれました。本名は、一《はじめ》。一家は、翌年、北岩手郡渋民《しぶたみ》村へ転居。小学生時代は「神童」と呼ばれるほど抜群の成績で、十二歳の春、盛岡中学に入学。

彼には、少年時代から垢抜けたところがありました。中学の後輩、金子定一によれば、啄木が育った渋民村のような在方《ざいかた》からやって来た子は、ふつうは、言葉も違えば、着こなしも野暮ったい。なのに、町方《まちかた》の士族の子どもとも颯爽《さっそう》と談笑していたそう。

その短歌だけを読んでいると、啄木作品に野趣の響きはたしかにありません。けれど、じつはしっかり書き残しています。小説のなかの「会話」として。

代用教員として働いた経験を活かし、故郷の小学校をモデルにした処女小説『雲は天才である』では、教員どうしは標準語のような話し方ですが、小使いさんは土地言葉。みすぼらしい来訪者

を断りたいその人は、

「耕助先生にァ乞食に親類もあんめェ。間違ェだよ。コレア人違ェだんべェ」

岩手の農村に住む娘 お定が、東京で女中になろうと上京を企てる小説『天鵞絨《ビロウド》』では、土地言葉の会話がふんだんに……。例えば、父親には盛岡に行くと偽りつつ、出発前の晩に交わした会話は、

「父爺《おやぢ》や。」とお定は呼んだ。

「何しや？」

「明日盛岡さ行つても可《え》えが？」

（中略）

「小遣銭があるがえ？」

「少許《すこし》だばあるども、呉《け》えらば呉《け》えで御座《ござ》え。」

娘が到着した東京で、世話役のおかみさんに訛りを直される場面がありますが、おそらく、啄木自身の体験も踏まえられているのではないでしょうか。

代用教員を免職されたあと、新聞社等への就職と退職をくり返し、北海道各地を流浪した末に、小説家になると覚悟。そのための上京をした啄木の日記（明治四一年）を見ると、東北弁と東京弁の間の「揺れ」がつぶさに感じられるのです。

上京の翌日、同郷の親友、金田一京助と会った日の記述は、「（金田一は）髪を七三にわけて新調の洋服を着ていた。予が生まれてから、この人と東京弁で話したのは、この時にはじまる」。都会生活にすっかり馴染んで見える友に、土地言葉で話し掛けるのはためらわれたのか、東京人になろうとする啄木の固い決意の表われか。

ただ、その半年後、金谷光一が来た日の記述には、「いろいろと故郷のことを故郷の言葉で話して、案外に嬉しかった」、そして、夜更けまで話し込んだと……。代表作の一つ、「ふるさとの訛なつかし／停車場の人ごみの中に／そを聴きにゆく」。この気持ちは、ずっと消えることがなかったでしょう。

その彼が、言文一致体の小説を書くにあたって、苦しんだことの一つが、東京弁の会話を書くことだったのは、思えば、まったく不思議ではありません。「小説の会話、特に女の会話に困っている」と……。そして、かつての上京で縁ができていた東京生まれの娘、植木貞子からいっしょうけんめいそれを習う。五月十四日の日記には、「昔の話、今の話、(貞子の)爽やかな語は、純粋の江戸言葉なので、滑らかに、軽く、縷々《るる》として糸とつづく。予はこの弁を知りたいと思うので、幾度か腹の中で真似をしてみるが、どうしてもこう軽くできぬ」。

夏目漱石を小説のライバルと思っていた啄木。けれど、けっきょく花咲かず、一般に、その小説は稚拙だとか通俗的だとかと言われていますが、ページを見てわたしが気づくのは、たしかに漱石のような歯切れのよい、滑らかな文体からはほど遠いこと。会話だけでなく、地の文も重い。やたらと長い一文がある。妙に漢字も多い。当時の日記には、彼の詩才を高く評価していた森鷗外に、小説の誤字や訛りを添削された、と……。啄木としては、その好意がありがたくもあり、傷つきもしたのではないでしょうか。

五月二十二日の記載はこうです。「貞子さん来る。（中略）この数回でよほど、いわゆる東京語の調子を覚えた。いろいろな珍しい語をもきいた。会話がどうやら、日一日とスラスラ書けるような気がする」（傍点は新井）。この「調子」とは、アクセントやイントネーションも含めた、東京言葉の生《なま》の「声」ですね？

子どもの頃から作文に秀でた啄木は、短歌を書きはじめた頃は、与謝野鉄幹や晶子、詩を書けば、蒲原有明や薄田泣菫を模倣し、いいえ、それを読んだ人は、完成度の高さに、とても少年の作品とは思えないと目を丸くしたと言います。金田一は、「あの人（啄木）は、非常に多感性な人、感じやすい人で、いいと思うとそっくりそのものになる傾向があった」と……。

けれど、それは文語、すなわち定型詩の書き言葉、五七五七七とか五七調とか、拍数の決まった韻文での話。音数が決まっていない「小説」を、滑らかに、豊かに書くには、そんな「そっくりそのものになる傾向」の人であればこそ、話し言葉の調子、抑揚も含めた東京語の「声」の習得がぜひとも必要で、この日々に、啄木は格闘していたんじゃないか。

ローマ字で日記を書きはじめたのも、関係しているかもしれません。女郎屋通いを妻に知られたくないからと、一般には言われていますが、それだけではないでしょう。からだに馴染んでいないローマ字での表記は、書き手と言葉に「距離」を作ります。どう書くか、考えないと書けませんから、おのずとゆっくりになる。それによって、これまでと違う筆記のリズム、言文一致の「声」がまざまざ映せる表記のリズムが、しだいに育ってきたのではないでしょうか。東北人、啄木のからだから……。ローマ字日記の文章はかつてより簡潔、かつ生気があります。

名歌集『一握の砂』の作品の多くは、そんな渦中で生まれました。文語体をベースにしながらも、口語的な詩情のツボをつかんだ独自の歌、いまなお多くの人に愛唱されるその短歌は、小説を書くための、並々ならぬ試行錯誤があっての賜物と言っていい。

それを、わたしは、大船渡のおんばといっしょに、東北の土地言葉に戻しちゃった！　天上の啄木さん、怒ってますか。

＊参考

・『石川啄木全集』第三巻、第五巻（筑摩書房、一九七八年）
・岩城之徳編『回想の石川啄木』（八木書店、一九六七年）

二

空《そら》さ吸《す》われだ十五《ずーご》の心《こごろ》

『一握の砂』「煙」より二〇首

勢《いぎょ》ィのいい ポンプの水《みず》っこの
気持《きも》つァいいごど
しばらぐ若《わげ》ぇ気持《きも》づで 眺《なが》めでだっけぇ

ほとばしる喞筒《ポンプ》の水《みづ》の
心地《ここち》よさよ
しばしは若《わか》きこころもて見《み》る

「『ほとばしる』は何でしょう?」とおんばに尋ねると、噴き出した水のような早口の答え。「イギョンイー」とまずは聞こえました。そして何度か尋ね返して、「勢《いぎょ》ィのいい」に……。あの声のイキの良さ、忘れられません。

教室《きょうしづ》の窓《まど》がら遁《に》げで
たった一人《しとり》で
あの城址《しろあど》さ　寝《ね》さ行《い》ったったったなぁ

教室《けうしつ》の窓《まど》より遁《に》げて
ただ一人《ひとり》
かの城址《しろあと》に寝《ね》に行《ゆ》きしかな

「寝《ね》さ行《い》ったった」の「～たった」はどんな意か、年長のおんばに聞いたところ、「寝《ね》さ行《い》った」より遠い昔だ、と。標準語では、「～た時があった」が近いかな、と。古語の「き」（「行きしかな」の「し」は活用形）につながっているよう。おんばの「時間」は、奥が深い。

不来方《こずかだ》のお城《しろ》の草《くさ》さ 寝《ね》っころんで
空《そら》さ吸《す》われだ
十五《ずーご》の心《こごろ》ぉ

不来方《こずかた》のお城《しろ》の草《くさ》に寝《ね》ころびて
空《そら》に吸《す》はれし
十五《じふご》の心《こころ》

啄木の歌だと学帽をかぶった少年が目に浮かびますが、おんば訳では着流しの着物姿かな？「不来方《こずかだ》」「十五《ずーご》」と、地名・数字も土地になじみ、寝ころぶ草のにおいが濃くなるよう。

晴《は》れだ空《そら》ァ 見《み》やればいづも
口笛《くづぶえ》ば 吹《ふ》ぎでァぐなって
吹《ふ》いで遊《あす》んだったぁ

晴《は》れし空仰《そらあふ》げばいつも
口笛《くちぶえ》を吹《ふ》きたくなりて
吹《ふ》きてあそびき

この歌も「吹《ふ》いて遊《あす》んだったぁ」の「～だった」が効いていますね。もう戻れない中学時代。その時間の「遠さ」を表わす言葉が、おんばの話し言葉にはある。「見《み》やる」は、「見る」よりも丁寧な語感とのこと。

いづもかづも　怒《おご》る先生《せんせー》いだったぁ
髯《ひげ》ァ似《に》でっから　山羊《やぎ》ど　かもって
口真似《くちまね》もしたったぁ

よく叱《しか》る師《し》ありき
髯《ひげ》の似《に》たるより山羊《やぎ》と名《な》づけて
口真似《くちまね》もしき

「かもる」は、カモにする、からかうの意。この先生は、盛岡中学の担任、富田小一郎ですが、怒ってばかりいる師を冷やかしたのは、啄木の人間批評。土地言葉で表わすと、愉快なイタズラ心も滲んでくるよう。

盛岡《もりおが》の中学校《つーがっこう》の
露台《ろでァ》の手《て》すりさ
もう一回《いっきゃ》、おらを 押《お》っかがせでけろぉ

盛岡《もりをか》の中学校《ちゆうがくかう》の
露台《バルコン》の
欄干《てすり》に最一度《もいちど》我《われ》を倚《よ》らしめ

「我を倚らしめ」を「おらを 押《お》っかがせでけろぉ」、私を寄り掛からせてくださいと、まっ直ぐな願望で表わしたおんば。いわゆる漢音でも、バルコニーやベランダのような外来語でもない「露台《ろでァ》」は、大船渡ならではの響き。

道化《おだ》ってる手《て》つぎァ 可笑《おが》しど
おらばり いっつも笑《わら》ってだったぁ
知《さ》ねァごどねァ先生《せんせー》ば

おどけたる手《て》つきをかしと
我《われ》のみはいつも笑《わら》ひき
博学《はくがく》の師《し》を

「おだづ」はおどける、「おらばり」は私ばかり、「知《さ》ねァごどねァ」は知らないことのない意。冷やかしといっしょに、親しみの情も先生に寄せていたことが、おのずと伝わる土地言葉訳。

近眼《つがめ》だがら
おどげだ歌《うだ》っこ 詠《よ》んでだっけぇ
茂雄《しげお》の恋《こい》も せづねがったべなぁ

近眼《ちかめ》にて
おどけし歌《うた》をよみ出《い》でし
茂雄《しげを》の恋《こひ》もかなしかりしか

大船渡とまったく同じでないにせよ、盛岡中学での啄木の話し言葉は、東北弁。道化と哀愁が入り混じる茂雄への共感は、おんばの声といっしょに読むと、しみじみわかってくるのかもしれません。

おらが恋《こい》
はじめで　友《とも》だッつァ　打《う》ぢ明《あ》げだ晩《ば》げのごど
案《あ》じ出《だ》す日《ひ》だぁ

わが恋《こひ》を
はじめて友《とも》にうち明《あ》けし夜《よる》のことなど
思《おも》ひ出《い》づる日《ひ》

「友《とも》だッつァ」は友だちに、「晩《ば》げ」は晩方、「案《あ》じ出《だ》す」は思い出すの意。「うぢあげだばげのごど」と、くぐもった濁音がつらなると、囁き声とは別の回路で、ナイショの恋の照れくささが伝わってくるよう。

糸《いど》の切《き》れだ天旗《てんばだ》みでァに
若《わ》げァ日《ひ》の心《こごろ》ァ かるがる
飛《と》んでってすまったぁ

糸《いと》きれし紙鳶《たこ》のごとくに
若《わか》き日《ひ》の心《こころ》かろくも
とびさりしかな

二六歳で亡くなった啄木が「若き日の心」と指したのは、楽しかった中学時代のことでしょう。「かるがる／飛《と》んでってすまったぁ」と表わしたおんば訳では、若い日が遥か彼方、もう見えないタコになっているのでは……。

ふるさどの訛《なまり》ァ　懐《なづ》がすなぁ
停車場《てーさば》の　人《ひど》だがりン中《なが》さ
聴《き》ぎさいぐべぇ

ふるさとの訛《なまり》なつかし
停車場《ていしやば》の人《ひと》ごみの中《なか》に
そを聴《き》きにゆく

訛を懐かしがる啄木の心中は、おんばの声のようであったでしょう。マスコミの発達していない当時ですから、上京しても東北弁を引きずっていたはず。啄木自身、「聴ぎさいぐべぇ」は、聴きたくて、いさんで行こうとする感じ。

いづだったべぇ
小学校《そーがっこう》の屋根《やね》さ おら 投《な》げだ鞠《まり》っこ
どさいったべぇ

その昔《むかし》
小学校《せうがくかう》の柾屋根《まさやね》に我《わ》が投《な》げし鞠《まり》
いかにかなりけむ

「いづだったべぇ」「どさいったべぇ」、ゴロの良いくり返しが、短歌とは別の方法で「おんば歌」のリズムを作って。いっそうまるまるした「鞠《まり》っこ」もかわいくて。

飴《あめ》っこ売《う》りのラッパァ 聴《き》いだっけァ
ねァぐなった
小《ち》っちぇ時《どぎ》の心《こごろ》ぉ ひろったようだぁ

飴売《あめうり》のチャルメラ聴《き》けば
うしなひし
をさなき心《こころ》ひろへるごとし

大船渡にも飴の物売さんが来ていたとか……。自転車の荷台に棒のアイスを乗せ、鈴を鳴らしてやって来た「キャンデー屋」の記憶も、おんばから聞きました。それを語る表情が、童心にかえっていました。

石《いし》っこで ぼったぐられるみでァに
ふるさど出《で》はった 悲《かな》すみァ
消《け》ぇるごどァねァなぁ

石《いし》をもて追《お》はるるごとく
ふるさとを出《い》でしかなしみ
消《き》ゆる時《とき》なし

「ぼったぐる」は、追い払う、追い出すの意で、荒々しい勢いが伝わってくる響き。「消《け》ぇるごどァねァなぁ」は、消えることはないなぁ、の意。故郷を追われた辛さが、複雑な音色のなかにも宿ります。

いづの年《とし》の盆踊《ぼんおど》りだが
浴衣《ゆがだ》貸《か》すがら踊《おど》るべど 言われだっけぇ
その女《おなご》案《あ》じ出《だ》すなぁ

ある年《とし》の盆《ぼん》の祭《まつり》に
衣《きぬ》貸《か》さむ踊《をど》れと言《い》ひし
女《をんな》を思《おも》ふ

盆踊りが好きだった啄木。大船渡では、地区ごとに大音声で盆踊り歌を鳴らし、リアス式の山々に木霊するそうです。「言われだっけぇ」の「だっけぇ」は、照れながら思い出している感じ。関東弁の「〜たっけ」とも通じている。

意地《えぢ》の悪《わ》りィ大工《でァぐ》の童《わらす》ァども、不憫《かわえそ》になぁ
戦《いくさ》さ行《い》ったども
生《い》ぎで帰《けァ》ってこねぇづがぁ

意地悪《いぢわる》の大工《だいく》の子《こ》などもかなしかり
戦《いくさ》に出《い》でしが
生《い》きてかへらず

「かなしい」を「かわえそ（かわいそ）」とした土地言葉訳。「生《い》ぎで帰《けァ》ってこねぇづがぁ」と嘆じる響きには、戦死に同情する胸の痛みが宿っているよう。生きて帰って来ないと聞く、の意。

なれ芋《いも》のうす紫《むらさぎ》の花《はな》さ掛《か》がる
雨《あめ》ば 案《あ》じ出《だ》すなぁ
都《こご》の雨《あめ》によぉ

馬鈴薯《ばれいしよ》のうす紫《むらさき》の花《はな》に降《ふ》る
雨《あめ》を思《おも》へり
都《みやこ》の雨《あめ》に

じゃがいもは、「なれ芋」「なり芋」とも言うそう。この歌は、都会で暮らす啄木が、雨の日に故郷を思い出したものなので、「都」をいまいる場所、つまり「ここ（こご）」ととらえたおんば訳。

仲間《ながま》ンなって 遊《あす》ぶもなァねがったぁ
意地腐《いぢくさ》れな巡査《だんぽ》さまの 童子《わらす》ァど
不憫《かわえそ》だったけぇ

友《とも》として遊《あそ》ぶものなき
性悪《しやうわる》の巡査《じゆんさ》の子等《こら》も
あはれなりけり

性悪さが臭ってきそうな「意地腐《いぢくさ》れ」という言葉があるんですねぇ。巡査を表わす「だんぽさま」は、侍などの帯刀者、金持ちの旦那様もそう呼んだとのこと。皮肉で使うときもあるような……。「遊《あす》ぶもなァ」は、遊ぶものは、の意。

汽車《きしゃ》の窓《まど》がら
遠《とお》ぐの北《きだ》さ　ふるさどの山《やま》っこ見《め》ぇでくっと
シャギッとなるなぁ

汽車《きしゃ》の窓《まど》
はるかに北《きた》にふるさとの山《やま》見《み》え来《く》れば
襟《えり》を正《ただ》すも

かわいいものに付ける「っこ」を、山に添えて「山っこ」。ひょこっと、小さく車窓に見えはじめたときの感動が、宿っているのでしょう。「襟を正す」は「シャギッどなる」。からだの擬態語で表わしたのも、おんばらしく。

ふるさどの山《やま》さ向《む》がって
言《い》うごだァねァ
ふるさどの山《やま》ァ　貴《とー》でァなぁ

ふるさとの山《やま》に向《むか》ひて
言《い》ふことなし
ふるさとの山《やま》はありがたきかな

ありがたいを「貴《とー》でァ」としたおんば。わたしの耳には、「トーディヤァ」とも聞こえるような複雑な響きでした。まるで、古《いにしえ》から飛び出してきたような、妙なる声でした。

エッセイ

啄木と笑い

石川啄木の人柄を、親しかった人たちはどう評しているでしょうか。盛岡中学の先輩で、金銭的な面でも暮らしを助けつづけた親友、金田一京助は、「どんなことがあっても、憎めない人」だという気持ちを抱いてきたと書いています。「愛敬のある人」だったとも。啄木と言うと、天才という自負ゆえの生意気や負けず嫌いが強調されやすいですが、茶目っ気も豊かだったんですね。

啄木が最初に上京したときから交流のあった与謝野晶子は、「石川さんには犯しがたい気品が備わっていた」と綴っていますが、その例も面白い。東京で収入のあてのない啄木は、夏になっても夏用の着物がないので、厚い冬物を着たまま。それが、ある日、「きのう、これを買ってきました」と、すっと、真っ白い扇子を帯から抜き、ハタハタハタハタハタ、優雅に扇いでみせる。やせ我慢をユーモアにすり替え、相手にむしろ余裕を与える才能があるんですね。それを気品と評した晶子もさすがです。

空きっ腹を抱えた家族のもとに帰宅するときも、上がり端《はな》でわざと冗談を言い、ワァッと笑わせてから家に入ったと、妻の節子は回想しています。「主人はそういう屈託知らずだったから、あれでやっていけたんだろう」。

さらに、こんなエピソードも。北海道の小樽で新聞社に勤めてほどなく、社内で諍《いさか》いがおこり、事務長に殴られた啄木。ただ、そうされながらも、相手の紅潮した顔が可笑しくて、ワハハと笑ったんだそうです。すると、さらに怒った相手は、小柄な彼を突き飛ばす。もんどり打って、板の間に、ガーンと頭をぶつける啄木。でも、その転び方がじぶんで可笑しくて、起き上がりもせず、ひたすら笑いつづけたと……。この逸話などは、不敵さにまで笑いがつながっている。

歌人仲間だった江南文三の評も興味深い。「石川のことを憶い出すと、必ず煙草の吸い方を憶い出す」と彼は言います。啄木は、人差し指と中指の間にそれを挟《はさ》むと、薬指、小指も入れた四本を真っ直ぐにそろえ、さらにぐっと肘《ひじ》を張り、あるときは、身を反りかえらせもしながら煙草を吸った、と。つまり、奇妙なほど大げさな吸い方であったよう。そこで、江南はこう評します。「要するに、石川は気どり屋でした。しかし、じぶんの気どり屋である点の客観的に観られて滑稽であることを、気づかないような馬鹿でもなかったのです」。

滑稽とわかっていて、敢えてそれをやりのける。彼のユーモアは、絶え間ない自己批評の産物のよう。『一握の砂』の第一章は、「我を愛する歌」としてまとめられていますが、その短歌は、ふつうの意味での自己愛、自己陶酔からは遠いところにあるでしょう。貧乏も借金も、野望も女遊びもし尽くして、人生の底を知っている石川啄木。しょせん、人間はからだ一つだと、若くして悟っている。陳腐なナルシズムは、とっくに卒業したんじゃないか。

江南いわく、「石川はいくら苦しくっても笑っている男なのです。それでいて、笑っているときの苦しさを察してくれない相手に対しては、その鈍さを侮辱せずにはいられない男でした。（中略）骨に徹するような皮肉をもっていました」。じつに手強い、その笑い。

啄木ほどの歌人と作品を、一面的にとらえるのはもちろん控えるべきですが、これまでの短歌評は、日常のひとコマを切り出す鮮やかさを称賛するもの、その感傷や抒情に共鳴するもの、あるいは、世直しの思想に注目するもの等が多く、ひょっとすると、このとてつもない笑いの精神が忘れられてはいないでしょうか。彼の大事な素地であったようなのに……。

ご覧の通り、大船渡のおんばたちの啄木訳は、オリジナル以上にユーモアたっぷり。その言葉を通すと、啄木短歌に宿された「笑い」がみるみる浮上してくるよう。この訳は、秘められた啄木像の「発掘」と言ってもいいかもしれません。彼の胸中にも、このような北国の響きがあって、絶妙な笑いの身振り、諧謔や皮肉を、作品に込めようとした面もあったはず。さらに踏み込んでいいなら、文語と口語(東京語)を折衷したような、啄木の短歌の文体では、本来の笑いの精神は、じつは、ありありと表現できなかった……。そう言ってもいいかもしれません。

ただ、ご当地にだって、単なる気どり屋も、ただの泣き虫もいるはず。おんばたちが、啄木と同じように、笑いの妙や冗談の機微を解する人であるのを見逃してはいけません。

それは、仮設住宅集会室での催しの休憩時間のこと。翻訳ばかりでは疲れるので、真ん中にはいつも、おしゃべりの「お茶っこ」タイムを入れていました。この時間は、さかんに大船渡弁が飛び交うので、わたしはついていけなくなることも多いのですが、耳をそばだてていると、その日の話題は、いまの住居のあとはどこに行くか。ある人は復興住宅に引っ越すと言い、ある人は行き先がまだ決まっていないと言い……。

話の輪を仕切っていたのは、催しでの通称、ユミさん。浜で働きつづけたからでしょう、赤銅色の肌をした骨太なおんば。みんなのおしゃべりを闊達《かったつ》に引き出し、けれど、じぶんの身の振り方は語っていないので、わたしはふと、「それじゃあ、ユミさんは、どこに行くんですか」。振り向き、ニヤッと、白い歯をのぞかせて、間《ま》を入れました。「おらか。おらは……地獄だよ」。そして、高らかに笑った、ユミさんも、周りのおんばも。

この土地言葉訳の底にも、人生の辛酸を知った人のとてつもなく深い笑い。ユミさんのカッコ良さに、わたしが度肝を抜かれたのは言うまでもありません。啄木訳に最もふさわしい皆さんと仕事をともにできたようです。

＊参考

・岩城之徳編『回想の石川啄木』（八木書店、一九六七年）

三

せづねぇのァ　チュウの痕《あど》だべ

『一握の砂』
「秋風のこころよさに」「忘れがたき人人」より二〇首

「秋風のこころよさに」より

長《なげ》ァごど 忘《わ》っせだ友《とも》だッつァ
会《あ》ァみでァに
面白《おもしょ》くて 水《みず》の音《おど》っこ聴《き》ぐ

長《なが》く長《なが》く忘《わす》れし友《とも》に
会《あ》ふごとき
よろこびをもて水《みづ》の音《おと》聴《き》く

「においっこ」「はなしっこ」など、見えないものや抽象的なものにも「っこ」を付ける訳がありましたが、ここでは「音《おど》っこ」。そのとたん、見えないはずの「音」が、手のぬくもりを纏《まと》うようで不思議。

岩手山《いわてやま》よぉ
秋《あぎ》ァ 麓《ふもど》のあっつこっつがら
虫《むし》ァど鳴《な》いでんが、何《なん》と思《おも》って聴《き》いでっぺなぁ

岩手山《いはてやま》
秋《あき》はふもとの三方《さんぱう》の
野《の》に満《み》つる虫《むし》を何《なに》と聴《き》くらむ

岩手山に直接語り掛けているようなおんば訳。「何《なん》と思《おも》って聴《き》いでっぺなぁ」からは、山の気持ちを素朴に慮る気持ちが伝わります。それは自然への純粋な尊敬でもあるよう。「あっつこっつがら」は、あちこちからの意。

時雨《しぐれ》みでァな音《おど》っこで
木《き》ィ渡《わだ》ってだぁ
人《ひと》さ ゆぐ似《に》だ森《もり》の猿《さる》ァど

時雨降《しぐれふ》るごとき音《おと》して
木伝《こづた》ひぬ
人《ひと》によく似《に》し森《もり》の猿《さる》ども

「音《おど》っこ」「渡《わだ》って」、小さい「っ」のくり返しが、木渡りする猿の動きのリズムでもあるような。「猿《さる》アど」は猿たちの意。「〜ど」は複数を表わし、「童《わらす》アど」「虫《むし》アど」など既出。

世《よ》ん中《なが》の初《はず》まりァ
まんず 山《やま》っこあって
半《はん》ぶん神《かむ》さまみでァな人《しと》が そごで火《ひ》っこ守《まぶ》ってだんだづぅ

世《よ》のはじめ
まづ森《もり》ありて
半神《はんしん》の人《ひと》そが中《なか》に火《ひ》や守《まも》りけむ

訳ができたとき、「まるで東北の神話ですねぇ」とわたしが呟くと、おんばたちもにっこり。「山《やま》っこ」は、ひょっと、海面から隆起したばかりの陸地のあたまかもしれません。三陸海岸の地形が目に浮かびます。

「忘れがたき人人」より

潮《しお》の匂《にお》いっこする 北《きだ》の浜《はま》すかの
砂山《すなやま》の あの浜茄子《せァだま》よぉ
今年《こどし》も 咲《せ》ァだべがなぁ

潮《しほ》かをる北《きた》の浜辺《はまべ》の
砂山《すなやま》のかの浜薔薇《はまなす》よ
今年《ことし》も咲《さ》けるや

啄木は、盛岡中学三年のクラス旅行で三陸海岸を旅し、当地も訪れました。そのゆかりで、三陸町吉浜《よしはま》にはこの歌碑があります。土地言葉でハマナスは「せァだま」、「浜《はま》すか」は砂浜の海岸の意。

巻煙草《まぎたばご》ぉ 口《くぢ》さ銜《くわ》えでなァ
浪《なみ》ァ荒《あ》れァ
夜霧《よぎり》の海岸縁《かいがんぶッ》つァ立《た》ってだ女《おなご》 いだっけぇ

巻煙草《まきたばこ》口《くち》にくはへて
浪《なみ》あらき
磯《いそ》の夜霧《よぎり》に立《た》ちし女《をんな》よ

港町と女は、流行歌も含め、日本の詩歌が温めつづけてきた詩情。「浪《なみ》ァ荒《あ》れァ／夜霧《よぎり》の海岸縁《かいがんぶッ》つァ立《た》ってだ女《おなご》」、啄木の本歌よりいっそう大胆な夜の女が、荒波を背に立ち上がっているよう。

若《わ》げぇうぢに
いっペァの子《こ》 持《も》った友《もろ》ァ
子《こ》持《も》たずみでァに 酔《よ》っぱれァば歌《うだ》ったったぁ

若《わか》くして
数人《すにん》の父《ちち》となりし友《とも》
子《こ》なきがごとく酔《ゑ》へばうたひき

「いっペァ」「持《も》った友《もろ》ァ」「酔《よ》っぱれァ」など、「っ」や「ァ」の音がところどころに入った土地言葉訳。それが、おんばならではの、酔歌のリズムを作っているような……。「いっペァ」はいっぱいの意。友は、「もろ」とも。

さもねァ高笑《たがわ》れァ
酒《さけ》っこど 一緒《えっそ》に
おらの腸《はらわだ》さァ 沁《す》み込《こ》んだみでァだなぁ

さりげなき高《たか》き笑《わら》ひが
酒《さけ》とともに
我《わ》が腸《はらわた》に沁《し》みにけらしな

「さもねァ」は、古語の「さもなし」に由来し、大したこともないの意。大船渡弁は古語をふんだんに残しています。気仙地方の言葉であると同時に、古《いにしえ》の日本語をいまに伝える言葉でもあるよう。

世《よ》わだりの下手《へだ》なごど
こっそりど
誇《ほご》りにしてる　おらでねぇべがぁ

世《よ》わたりの拙《つたな》きことを
ひそかにも
誇《ほこ》りとしたる我《われ》にやはあらぬ

啄木の「我《われ》にやはあらぬ」をどう取ったらいいか。しばらく腕組みして、「おらでねぇべがぁ」に。「世渡りベタを誇りにしている私ではないだろうか（うん、そうだ）」の意で。

酒《さけ》っこのめば 鬼《おに》みでァに青《あお》ぐなったぁ
でっけァ顔《つら》だなぁ
もぞこぇ顔《つら》だなぁ

酒《さけ》のめば鬼《おに》のごとくに青《あを》かりし
大《おほ》いなる顔《かほ》よ
かなしき顔《かほ》よ

おんば訳では、酔漢の顔が本歌より大きく感じませんか。「でっけァ」の響きが、大きさへの感嘆を含んでいるからでしょう。「もぞこぇ」は、哀れなの意。吉浜には、鬼のような面を被る、スネカという伝統行事があります。

小腹痛《こばらいだ》ぐなったども
耐《こ》でぇながら
長旅《ながたび》の汽車《きしゃ》でのむ　煙草《たばご》だべぇ

腹《はら》すこし痛《いた》み出《い》でしを
しのびつつ
長路《ちやうろ》の汽車《きしや》にのむ煙草《たばこ》かな

煙草は、やせ我慢の道具でもあるんですねぇ。ハラが痛いからこそ、何事もないかのように煙草をくゆらす車中の啄木。それがユーモラスでもあることを、おんばの声で気づきます。

歌《うだ》ァように 停車場《てーさば》の名前《なめ》ァ呼《よ》ばってだ
柔和《すずーが》な
若《わ》げァ駅員《えぎいん》の眼《まなぐ》ぅ 忘《わ》っせらィねァ

うたふごと駅《えき》の名呼《なよ》びし
柔和《にうわ》なる
若《わか》き駅夫《えきふ》の眼《め》をも忘《わす》れず

「柔和」に「すずーが」とルビを付けたおんば。大船渡の「静《すず》が」は意味が広く、音の少ない状態のほか、ゆったり落ち着いた様子にも使うとのこと。例えば、食事のさいの「お静《すず》がに」は、ごゆっくりどうぞの意。

くっ付《つ》がって
夜中《よなが》の雪《ゆぎ》っぷりの中《なが》さ立《た》づ
女《あなだ》の右手《みぎて》の　ぬぐいごど

よりそひて
深夜《しんや》の雪《ゆき》の中《なか》に立《た》つ
女《をんな》の右手《めて》のあたたかさかな

土地言葉はそもそも「話し言葉」。手をつないだ相手は、「女」より「あなた（あなだ）」の方がしっくり来るんですねぇ。「よりそひて」が「くっ付《つ》がって」と表わされ、ぴったりからだを温め合う二人。

せづねぇのァ
あの白《しろ》い玉《たま》みだいな腕《けァな》さ残《のご》した
チュウ　の痕《あど》だべ

かなしきは
かの白玉《しらたま》のごとくなる腕《うで》に残《のこ》せし
キスの痕《あと》かな

おんば訳の響きは、たいへん肉感的。啄木の「キスの痕」は、ほの紅が目に浮かびますが、おんばの方は、紫色じゃないかなぁ。唇がブ厚そうだもの。この訳ができたときは、みんなで爆笑。「腕《かいな》」が訛って、「けァな」。

ぎしぎしど 寒《さん》みィ板場《いだば》 踏《ふ》んでげば
帰《け》ァる廊下《ろうか》で
いぎなり チュー

きしきしと寒《さむ》さに踏《ふ》めば板軋《いたきし》む
かへりの廊下《ろうか》の
不意《ふい》のくちづけ

これも盛り上がりました。これらの恋歌は、釧路の芸者、小奴とのロマンスを詠んだとされていますが、甘美な啄木にくらべ、情熱のおんば。それは、「きしきし」が「ぎしぎし」になる冒頭からはじまっていそう。「チュー」は、「ツュー」にも近い声。

あんだの膝《ひざ》っこ　枕《まぐら》にしながら
おらの心《こごろ》の
思《おも》うごどァ　おらァごどばり

その膝《ひざ》に枕《まくら》しつつも
我《わ》がこころ
思《おも》ひしはみな我《われ》のことなり

おんば訳の方からは、甘えん坊な男が浮かんできませんか。並べて読むと、「我」で満たされた、利己的な啄木の「こころ」が、ほどよく緩んでくるような……。「おらァごどばり」は、私のことばかりの意。

こそこそど喋《しゃべ》った言葉《ことば》ァ
そのまんま あんだも聞《き》いだべぇ
そればりだべぇ

さりげなく言《い》ひし言葉《ことば》は
さりげなく君《きみ》も聴《き》きつらむ
それだけのこと

大船渡の「こそこそ」には、隠れて、秘密での意だけでなく、ひそやかに、さりげなくの意もあるよう。「〜だべぇ」のくり返しが、相手をおのずと説得して。

あん時《どぎ》になぁ 言《い》わねぇですまった
大事《でぇじ》な言葉《ことば》っこ、今も
心《こごろ》さ残《のご》ってるがぁ

かの時《とき》に言《い》ひそびれたる
大切《たいせつ》の言葉《ことば》は今《いま》も
胸《むね》にのこれど

「大切の言葉」が、いっそうしっかり胸にあるような「大事《でぇじ》な言葉《ことば》っこ」。「あん時《どぎ》になぁ」「残《のご》ってるがぁ」、語尾を伸ばした余韻の「ぁ」が、思い出す時間そのものを作っているような……。

なれ芋《いも》の花咲《はなせ》ぐ節《せづ》に
なりァした
あなだも この花《はな》 好《す》ぎでござりゃすぺ

馬鈴薯《ばれいしよ》の花咲《はなさ》く頃《ころ》と
なれりけり
君《きみ》もこの花《はな》を好《す》きたまふらむ

大船渡の言葉も、丁寧さに度合いがあります。「あんだも この花《はな》っこ好《す》ぎだべがぁ」の案も出ましたが、本歌の敬語を活かして、「あなだも この花《はな》好《す》ぎでござりゃすぺ」と、丁寧に。

あんださ似《に》た姿《すがた》ァ　街《まぢ》で見《み》かげだ時《とぎ》
気持《きも》つァ、ドガドガどなったぁ
もぞいど思《おも》ってけろ

君《きみ》に似《に》し姿《すがた》を街《まち》に見《み》る時《とき》の
こころ躍《をど》りを
あはれと思《おも》へ

「こころ踊り」は「(気持ちの)ドガドガ」。心臓の高鳴りが聞こえてきそう。人を好きになるひたむきさが、おのずと抱える喜劇的な涙ぐましさ。その詩情をありあり伝えるおんばの声。

エッセイ

啄木と津波

日本各地に数え切れないほどある文学碑。著者別のナンバーワンは、やはり松尾芭蕉でしょうか。啄木の歌碑も上位にくい込んでいると思います。大船渡にもいくつかあります。というのも、盛岡中学のクラス旅行で、実際に立ち寄っている。

明治三三(一九〇〇)年七月一八日、盛岡中学三年のとき、担任の富田小一郎に引率されて、啄木は、級友たちと三陸海岸を目指します。それが、生まれて初めての「海の旅」、一四歳の夏でした。盛岡、水沢、一関、それから気仙沼、陸前高田と海岸に出て、大船渡に到着したのは、二三日。小山に登って町を見晴るかしたり、お茶屋で餅を食べたり……。翌日は、越喜来《おきらい》、吉浜《よしはま》(ともに現在、大船渡市内)を歩き、二五日に釜石に出ました。

富田小一郎は、立派なアゴ髭をたくわえていました。「よく叱る師ありき/髯の似たるより山羊と名づけて/口真似もしき」の師とは、彼のこと。旅先でも、そんな冗談で、啄木は友だちを笑わせていたに違いなく、富田は富田で、怒ったり呆《あき》れたりしていたでしょう。そのふれ合いは、啄木のオリジナルより、おんば訳のほうが、愉快な息づかいを活写しているように感じます。

いづもかづも 怒《おご》る先生《せんせー》いだったぁ
髯《ひげ》ァ似《に》でっから 山羊《やぎ》ど かもって
口真似《くちまね》もしたったぁ

じつは、この四年前、明治二九（一八九六）年旧暦五月五日、三陸海岸は津波に襲われています。明治三陸大津波。全体で約二万二千人の犠牲者、八割が岩手の沿岸でした。啄木一行が二四日に訪れた吉浜は、とりわけ高い波、二〇メートルを超える大津波が押し寄せた地区で、二〇〇人もの犠牲者がありました。村の寺も流されました。

翌年、境内に立てられた供養塔には、「嗚呼惨哉海嘯」と題字が彫られ、犠牲者の名が朱筆で刻まれます。啄木たちはこの旅で、再興されたその寺を訪ねたのでした。壊れた家屋などもまだ残っていたでしょう。

わたしもその正寿院を訪ねましたが、杉の木蔭の石碑に刻まれた、数多の名の前で、しばらく呆然とせずにはいられませんでした。啄木たちが見たときは、いっそう生々しい朱色の文字だったに違いなく、感じやすい年頃の彼らが、この碑を見て号泣したという言い伝えは、その通りではないでしょうか。

大船渡でわたしが出会った人のなかには、『一握の砂』の巻頭歌、「東海の小島の磯の白砂に／われ泣きぬれて／蟹とたはむる」は、三陸海岸を詠んだと言う人がいます。一般には、父の復職がかなわず、代用教員として働いていた啄木も、渋民小学校の職を失い、失意のうちに移住した函館での思いを詠んだとされているのですが……。

いったい、この歌の泣いている「われ」は、だれでしょうか。当時の啄木と考えれば、函館説がふさわしい。村人から追い出されるように、一家は離散しています。

その一方で、三陸海岸は、内陸で生まれた啄木少年が、初めてつぶさに歩いた浜辺。意識というより無意識の世界で、創作に影響を及ぼしているはず。あながち、三陸説も間違いではないと思うのです。まして、友とともに感涙した経験もあるなら……。

ただ、わたしも詩歌の書き手なので、その立場から言えば、良い作品とは突き動かされて書くもの。作者にとってさえ、思いがけない言葉やイメージが、平気で湧いたり降ったりする。だから、正解にこだわらなくていいんじゃないか。

いいや、待て待て。啄木ほどの巧者は、拙ない推測など越えているか……。これは、彼がわざわざ巻頭に据《す》えた歌。つまり、まっ白な状態で、背景はないまま、読者に読ませようとした歌。すると、その海も「われ」も、じつは、どこでもいい、だれでもいい。狙いはむしろ、ソコではないか。作歌した当初には、意中の海があったとしても……。

読者が自由に読み、自由に感情移入して、本の内側に入るのを狙う意図を、はっきりもっていたのではないでしょうか。優れた編集者でもあった、この天才歌人は……。

そう気づかせくれたのが、じつは、おんばでした。この訳をお願いしたのは、二〇一四年一月、初回の催し。わたしにとってははじめての大船渡でした。日本現代詩歌文学館の高橋敏恵さん、八木澤卓さんと、車で越喜来の杉下仮設集会室に向かいましたが、道行きには、瓦礫の山、半壊のビルや住宅。往来するダンプカーは砂塵を巻き上げ、車の窓は開けられない。震災から三年半経っていましたが、傷は生々しかったのです。

それから会場に着き、訳の一首目としてじぶんが準備したプリントには、「東海の小島の磯の……」。有名なので、なんとなく選んだのでした。が、「しまった！」と慌てました。沿岸の惨事をくぐって到着した目には、「われ泣きぬれて」が会場の皆さんに重なりだして。思い出してしまうじゃないか、気晴らしの催しのはずが……。にわかに冷汗が出ました。

ありがたいことに、皆さんは落ち着いていました。動じずに、啄木の歌として訳の試みを面白がってくれて……。それから二年、あちこちのページからランダムに取り上げた短歌が、一〇〇首の訳を達成。さて、まとめようと配列を考えると、歌集順がやはり流れがいい。すると、海の歌、浜辺で泣いている人の歌が、冒頭に並びます。

東海《ひんがす》の小島《こずま》の磯《えそ》の砂《すか》っぱで
おらァ 泣《な》ぎざぐって

蟹《がに》ど 戯《ざ》れっこしたぁ

頬《ほ》っぺださ つだった
なみだァ 拭《のご》わねァで
一掴《ひとづが》みの砂《すな》っこ翳《かざ》した人《ひど》ァ 忘《わ》っせらィねァ

大海《おみ》さ向《む》がって たった一人《しとり》で
七《しぢ》、八日《はぢんち》
泣《な》ぐべど思《おも》って 家《ええ》ば出《で》てきたぁ

東日本大震災の津波で、大船渡市の死者、行方不明者は、約五〇〇人。隣りの陸前高田市は、約一八〇〇人。家族のほか、親類や友人を含めれば、会場の皆さんのほとんどが親しい人を震災で失くしていました。翻訳であるにもかかわらず、わたしにはどうしても、おんばが紡ぐ津波の歌に感じられてしょうがない。その大粒の涙を感じてしょうがない。おんば自身は、意図していないのに……。

土地言葉の魅力とともに、石川啄木の「普遍性」を痛感しています。

＊参考

・『「奇跡の集落」吉浜を陸上と吉浜湾・海上より探訪』（シニアネット・リアス大船渡、二〇一四年）等

四

浜《はま》どごでぴーひょろろー

『一握の砂』「手套を脱ぐ時」より一一首

朝風呂《あさぶろ》の
湯槽《しっしょ》の縁《ふち》さ 首《くぴた》のせで
ゆるーぐ息《いぎ》して 物思《かん》げァっかなぁ

朝《あさ》の湯《ゆ》の
湯槽《ゆぶね》のふちにうなじ載《の》せ
ゆるく息《いき》する物思《ものおも》ひかな

「しっしょ」は風呂桶、「くぴた」は首や頭のこと。「かんげァる」は、一般の「考える」より意味が広く、ぼんやりした思索も含まれるよう。「ゆるーぐ」と、伸びる響きのなかに、いい湯かげんも入っていそう。

じっくりど 手《て》っこ眺《なが》めで
案《あ》ず出《だ》したぁ
口付《くちづ》げァ 上手《ぞーず》な女《おなご》だったなぁ

つくづくと手《て》をながめつつ
おもひ出《い》でぬ
キスが上手《じやうず》の女《をんな》なりしが

色物《イロモノ》をとり上げると、場が盛り上がることに味をしめたわたし。おんばたちのキスの訳語、多彩です。ここでは、懐かしい言葉、「くちづけ」が、いっそう肉感的な濁音を纏《まと》って「くぢづげ」。

とっぐりど　唇《くぢびる》合《あ》ァせで別《わが》れで来《き》たぁ
夜中《よなが》の街《まぢ》の
遠《とお》い火事《かず》みでァだなぁ

やや長《なが》きキスを交《かは》して別《わか》れ来《き》し
深夜《しんや》の街《まち》の
遠《とほ》き火事《くわじ》かな

「唇《くぢびる》合《あ》ァせる」、大人の官能ですねぇ。そして、そのキスを直喩でとらえ、「遠《とお》い火事《かず》みでァだなぁ」。おんばの燃える炎のキス、いいですねぇ。「とっぐりど」は、ねんごろに、念を入れての意。

ずっぱり
夏《なづ》ンなったなぁ
雨《あめ》ァ上《あ》がって　小《ぺ》ァっこな庭《にわ》の土《つぢ》ィ嗅《か》ぐる

するどくも
夏《なつ》の来《きた》るを感《かん》じつつ
雨後《うご》の小庭《こには》の土《つち》の香《か》を嗅《か》ぐ

説明調な「～を感じつつ」を省き、夏の到来を直情で表わすのも、おんばらしい。「ずっぱり」は、十分に、すっかりの意。「ぺァっこ」は、小さい、少ないの意。豊かな自然のなかで育った啄木は、じつは土のにおいが好きだったよう。

あんだ来《く》るづがらァ　はやばや起《お》ぎで
白《しろ》いサッツの
袖《そで》っこの垢《あが》ァ　気《き》にかがるなぁ

君来《きみく》るといふに夙《と》く起《お》き
白《しろ》シヤツの
袖《そで》のよごれを気《き》にする日《ひ》かな

恋人が待ち遠しいからこそ、些細なことが気になってしょうがない。「よごれ」は、おんば訳では「垢《あが》」。小さな一語に「からだ」が宿ります。シャツが「サッツ」と訛るのも、奥ゆかしい。

目《み》ァ覚《さ》めで
ちょこっとしたれば 聞《き》こえできたぁ
真夜中《まよなが》すぎの 話《はなす》っこ

目《め》さまして
ややありて耳《みみ》に入《い》り来《きた》る
真夜中《まよなか》すぎの話声《はなしごゑ》かな

啄木とおんばでは、かなり行間が変わるよう。啄木の方は、聞いてはいけない内容をにおわせますが、おんばは、話し声にむしろ安心している様子で。土地言葉には、人間どうしの濃いつながりが、そもそも宿っているんですね。

浜《はま》どごで
ぴーひょろろーど 輪《わ》ァ描《か》ぐ鳶《とーひ》ば 押《お》せぇでる
ヤマセだなぁ

港町《みなとまち》
とろろと鳴《な》きて輪《わ》を描《ゑが》く鳶《とび》を圧《あつ》せる
潮《しほ》ぐもりかな

初夏の大船渡を訪ねたときのこと。少し前まで晴れていたのに、海の上に急に冷たいモヤが湧き出し、たちまち肌寒くなりました。夏の東北地方の冷湿な風が「ヤマセ」。「浜どご」は、浜辺の意。

でっけァ海《うみ》の
入《えり》っこ隅《すま》っこ 続《つづ》でる島《しま》ァどさァ
秋《あぎ》の風《かぜ》ァ 渡《わだ》ってぐ

大海《だいかい》の
その片隅《かたすみ》につらなれる島島《しまじま》の上《うへ》に
秋《あき》の風《かぜ》吹《ふ》く

快晴のある日、陸前高田市の箱根山展望台へ。太平洋の素晴らしい青色、入り組んだ半島の濃緑を見晴るかしながら、日本は「島」、この大海原の「片隅」にあること、まざまざ思いました。「入《えり》っこ隅《すま》っこ」は、いちばん隅の意。

夕《ゆん》べおそぐ 戸《と》ぉ開《あ》げだっけァ
白《しそ》いものァ 庭《にわ》ァ走《は》せでったっけぇ
犬《いぬ》だべがぁ

夜《よる》おそく戸《と》を繰《く》りをれば
白《しろ》きもの庭《には》を走《はし》れり
犬《いぬ》にやあらむ

「走《は》せでったっけぇ」の「〜たっけぇ」は、古語の「けり」と通じ、昨夜をありあり思い出している感じ。その回想する風景のなかで「犬だべがぁ」、犬だろうかと気づく。おんばの「時」の操作、巧みです。

ひまな風《ふ》で
猫《ねご》のまねっこして笑《わ》らァ
三十男《さんずーおどご》の ひとり住居《ずめァ》がなぁ

時《とき》ありて
猫《ねこ》のまねなどして笑《わら》ふ
三十路《みそぢ》の友《とも》のひとり住《ず》みかな

啄木は、三十代猫好きシングルをもう描いていたのか……。その洞察力と先見の明に驚いたわたし。いえ、「ひまな風《ふ》で」「猫《ねご》のまねっこ」など、親しみやすい日常へ、歌の世界をひき下ろしたおんばの功績も大きい。「友」には女性の解釈もありました。

あん時《とぎ》のセップンかど
たんまげたぁ
銀杏《はっぱ》ァ散《ち》って 頬《ほ》っぺださ触《さ》わったれば

思出《おもひで》のかのキスかとも
おどろきぬ
プラタスの葉《は》の散《ち》りて触《ふ》れしを

今度のキスは、おすましな「セップン」。プラタナス（プラタス）はおんばたちに馴染みが薄いので、別の葉にしましょうとわたしが提案すると、桑か銀杏《いちょう》かで、舌戦に……。結局、ロマンチックな銀杏の葉に軍配。

エッセイ

啄木の三行書き

おんばたちと土地言葉訳を進めつつ、ありがたかったことの一つは、オリジナルが三行分けになっていること。啄木自身による改行を、翻訳にも踏襲できました。もしも一行書きだったら、意味をどう区切るか悩んだのはもちろん、五七五七七の拍数によるリズムとは、そもそも別のところに音楽性がありそうな東北弁、長音や促音がたいへん豊かなその調べを、詩にするのは至難だったでしょう。啄木の三行書きは、見方によっては「自由詩」としても読めること、それにだいぶ助けられたのでした。

では、どうして三行に分けたのか。雑誌等の初出をはじめ、それぞれを作歌した当初は一行書き。それが、歌集『一握の砂』として刊行されるさい、編集の最終段階で、三行書きが選ばれたとのこと。この方法じたいは、かつて与謝野鉄幹も試みたことがあり、また、土岐哀果のローマ字歌集『NAKIWARAI』が施した三行書きが、直接の影響を与えたと言われています。けれど、啄木なりの狙いや自負があったに違いありません。

彼には、「歌のいろいろ」という評論があります。そのなかで、短歌の一行書きは、すでに「不便」「不自然」になっているとし、二行や三行で書くことを薦めています。現代語に近づけて引用すると、

それ（二行書き、三行書き）は、歌の調子そのものを破ると言われているけれども、その在来の調子が、我々の感情にしっくりそぐわなくなってきたのであれば、なにも遠慮する必要がない。
（傍点は新井）

ここにある「歌の調子」「在来の調子」とは、いったい、なんでしょうか。

思いついたことがあります。しばらく前、わたしは、近代歌人や近代詩人の声が収録されたCD『文化を聴く――自作朗読の世界』にハマっていました。原盤の作成は一九三〇年代なので、もちろん啄木は入っていませんが、与謝野晶子、釈迢空、斎藤茂吉、萩原朔太郎、北原白秋など、歴々の自作朗読を聴くことができました。

歌人の読み方は、それぞれの個性による微妙な変化はありますが、概《おおむ》ね百人一首を詠むときのような旋律でした(仮にAとします)。思えば、短歌はそもそも和歌、つまり「歌」で、戦前はその抑揚が、濃厚かつ正式だったことを実感しました。激しい恋歌を作った晶子と言えば、当時の日本女性のモダン文化を担った人でもありましたが、読み方の抑揚は、伝統を重んじている。もちろん、腹から細く立ちのぼる声には、聴き手を震撼させる妙力がありましたが……。

一方、自由詩の詩人は、棒読みの厳かな調子で読む人(仮にB。その声から昭和天皇の玉音放送をわたしは思い出しました)と、東京弁の話し言葉の調子で読む人(C)に分かれました。萩原朔太郎、室生犀星等は、棒読み調のB。童謡の作詞なども手掛けた北原白秋や西条八十、翻訳の仕事もした堀口大学や川路柳虹は、東京弁で語りかけるC。

いま、現代詩歌の朗読会に行くと、歌人も詩人も押しなべてCですから、当時の多様さにわたしは驚いたのです。AとB、つまり古風で非日常的な詩歌の声の世界に、日常的な新しいCの声が混じり始めていた……。昭和初期は、そんな変化の時代だったよう。

そこで、啄木の評論を読みながら、わたしがハッとしたのは、彼の言う「歌の調子」「在来の調子」

とは、黙読する脳裏のなかの抽象的な調べというより、実際に、具体的に発することもできる声、つまりAではないか、少なくとも念頭にそれがあるのでないか、ということ。三行に改行して短歌を記せば、Aの調べを好んできた歌人にとっては、伝統的な調子の切断、それへの暴力さえ感じられたでしょう。実際、非難する声も出ていたんじゃないでしょうか。

一方、啄木の立場からすれば、Aはすでに不自然で、旧態依然。早く脱皮し、新しい時代の文芸の思潮とかみ合うCの方向、日常的な声の方向へ進むべき……。そんな決意が、三行書きの大事な「狙い」ではなかったでしょうか。

代表的な評論「弓町より（喰ふべき詩）」には、こんな内容の一節があります。

　我々の要求する詩は、現在の日本に生活し、現在の日本語を用い、現在の日本を了解しているところの日本人によって歌われた詩でなければならない。（傍点は新井）

前のエッセイでも書いたように、啄木は、小説家で一旗揚げようと思っていました。その作品は、言文一致体で書くと決めていました。ですから、この「現在の日本語」とは、言文一致の口語体と言っていい。小説のほうが早くそれに移っていたので、詩歌も続かなければ……と主張している。

日本語の口語自由詩を確立した詩集と言われているのは、萩原朔太郎著『月に吠える』。その刊行は、一九一七（大正六）年。『一握の砂』の出版は、七年先立つ一九一〇（明治四三）年。もちろん、啄木短歌は口語体とは言えない。ただ、文語を基調としながらも、たいへん平明で、身近な生活のひとコマを切りとるセンスが、口語短歌の先駆けを感じさせる。

基本は文語体なのに、口語の気配が立ち上がっている理由は、つまり、内容面だけではないんじゃないか。改行による旧来の調子の切断が、日常的な話し言葉の声、すなわちCへの志向を纏《まと》っていること、それもからむんじゃないか。

わたしは夢想します。もしも啄木が生きながらえて、晶子や迢空といっしょに自作朗読のレコーディングをしていたら、どんな読み方だったろうか。堂々と異彩を放ち、著名歌人のなかでたった一人、彼だけCで読んだんじゃないかなぁ……。まして着想はずっと早く、すでに明治末期に思いつき、百年先の展開さえ見透かしていたような。

おんばとの仕事が和やかに進んだのは、内容の親しみやすさはもちろんですが、啄木短歌が口語の調べを秘めていたこと、だから、土地言葉という、もう一つの話し声へ訳すことが、ヒラリ、できたんだと思うのです。

そして、さらに夢想します。Ｃで読む啄木の朗読の声には、東京弁の調子をどんなに追おうとも、故郷、岩手の訛りがしっかり寄り添っていたことだろう。きっとそうだろう。べつの音源で、青森出身の寺山修司の朗読を聞いたことがありますが、彼の声がまさしくそうでした。

東北の土地言葉を根っこにもっていたから、和歌の調べも、言文一致の調べも、他の歌人、詩人に先立って、石川啄木は相対化することができていた。そういうことかもしれません。

＊参考

・ＣＤ『文化を聴く――自作朗読の世界』（日本コロムビア）

・ＣＤ『寺山修司作詞＋作詩集』（ソニー・ミュージックハウス）

・『石川啄木全集』第四巻（筑摩書房、一九八〇年）

五

えっとう深《ふ》げァ悲《かな》すみァ

『悲しき玩具』より一七首

久《しゃ》しぶりの冬《ふゆ》の朝《あさ》だなぁ。
お茶《ちゃ》っこ飲《の》めば、
ほわほわど 湯《ゆ》気《げ》ァ顔《つさ》さ掛《か》がったぁ。

なつかしき冬《ふゆ》の朝《あさ》かな。
湯《ゆ》をのめば、
湯《ゆ》気《げ》がやはらかに、顔《かほ》にかかれり。

『悲しき玩具』は、啄木の没後（一九一二年）に刊行された歌集。前年二月に、慢性腹膜炎のため入院。ここの「湯」は、実際には白湯《さゆ》かもしれませんが、おんばたちはじぶんに引きつけ、「お茶《ちゃ》っこ」に。おんば訳の本領は、この自在さ。

今日《きょう》 ひょこっと山《やま》さ行《い》ぎたぐなって
山《やま》さ来《き》たぁ。
去年腰掛《きょねんこしか》けだ石《いし》 尋《た》ねっぺがなぁ。

今日《けふ》ひよいと山《やま》が恋《こひ》しくて
山《やま》に来《き》ぬ。
去年腰掛《きょねんこしか》けし石《いし》をさがすかな。

啄木の軽妙な言葉「今日ひよいと山が恋しくて」の心中には、「今日《きょう》 ひょこっと山《やま》さ行《い》ぎたくなって」、そんな東北の声が働いていたのでは？「尋《た》ねる」は、探すの意。

表《おもで》にァ 羽《はね》つぐ音《おど》っこ。
笑《わ》れァ声《ごえ》。
去年《きょねん》の正月《そがつ》さ 帰《け》ァったようだ。

戸《と》の面《も》には羽《は》子《ね》突《つ》く音《おと》す。
笑《わら》ふ声《こゑ》す。
去年《きよねん》の正月《しやうぐわつ》にかへれるごとし。

正月のひとコマを切りとった歌。おんば訳のにぎやかな響きには、晴れやかさがいっそう宿っているよう……。わたしの故郷は群馬県桐生市ですが、祖母や母は同じように、うちの外を「おもて」と言ったなぁ。

みんなして
同《おんな》じ方《ほう》さばり 向《む》がってぐ。
それを横目《よごめ》で見《み》でる おら。

人《ひと》がみな
同《おな》じ方角《はうかく》に向《む》いて行《ゆ》く。
それを横《よこ》より見《み》てゐる心《こころ》。

「それを横より見てゐる心」を、「それを横目《よごめ》で見《み》でる おら」としたおんば。心の綾をつかむ啄木にくらべ、振る舞いの人なんですねぇ。いえ、からだの身振りそのものが、おんばの「心」かもしれません。

過《す》ぎでった一年《いぢねん》の疲《つが》れァ 出《で》だんだべが、
元日《がんじづ》だづのに
うっつらうっつら 眠《ねぷ》てァ。

過《す》ぎゆける一年《ねん》のつかれ出《で》しものか、
元日《ぐわんじつ》といふに
うとうと眠《ねむ》し。

「ねぷてァ」の「ぷ」の音は、古音の名残り。「うっつらうっつら ねぷてァ」、とろめく響きをたどるだけで、なんだか目蓋が下がってきそう。催眠の呪文みたいだなぁ。

ちょんとして、
蜜柑《みがん》のつゆっこさ染《そ》まった爪《つめ》ェ 見《み》でだっけァ
せづねァ！

ぢつとして、
蜜柑《みかん》のつゆに染《そ》まりたる爪《つめ》を見《み》つむる
心《こゝろ》もとなさ！

まるめた背中もいじらしく……。「じっとしている」は、大船渡では「ちょんてる」、あるいは「ちょどしてる」。当地の「せづねァ」は意味が広く、この歌のような心が切ないの意のほか、うるさい、忙しいの意もある。

ガボッと 蒲団《ふとん》かぶって、
足《あし》っこ縮《つづ》め、
ベロ出《だ》してみだぁ、誰《だれ》さっつごどなぐ。

すつぽりと蒲団《ふとん》をかぶり、
足《あし》をちぢめ、
舌《した》を出《だ》してみぬ、誰《たれ》にともなしに。

布団の暗がりで身をすくめ、舌を出す病中の啄木。道化と皮肉と自嘲が入り混じった、この複雑な振る舞いは、東北弁の響きといっしょに読むことで、しみじみわかってくるのかもしれません。

猫《ねご》の耳《みみ》っこ 引《ひ》っぱって、
ネァッと啼《な》げば、
たんまげで喜《よろご》ぶ 童《わらす》の顔《つさ》っこ。

猫《ねこ》の耳《みゝ》を引《ひ》つぱりてみて、
にやと啼《な》けば、
びつくりして喜《よろこ》ぶ子供《こども》の顔《かほ》かな。

東北弁で牛が「べこ(べご)」なのは、子牛の声を「べー」ととらえ、「こ」を付けたのだと聞いたことがあります。ならば、猫は「ねー」に「こ」？「耳《みみ》っこ」「顔《つさ》っこ」、「っこ」のくり返しもかわいくて。

引《ひ》っ越《こ》しの朝《あさ》まァ、足《あし》もどさ落《お》ぢでだぁ、
女《おなご》の写真《さすん》!
忘《わ》っせでだァ写真《さすん》!

引越《ひっこ》しの朝《あさ》の足《あし》もとに落《お》ちてゐぬ、
女《をんな》の写真《しやしん》!
忘《わす》れゐし写真《しやしん》!

二つの「!」は、忘れた恋の衝撃か、家人に見られてはいけない焦りか……。漢語の堅苦しいカドがすっかり取れて、「写真」は「さすん」。まるで、衣を着馴らすように、言葉もからだに馴染ませたよう。

笑《わら》ァにも笑《わら》ァれねァ──
長《な》ンげァごど 尋《た》ねだ小刀《こがたな》
手《て》ン中《なが》さ あったぁ。

笑《わら》ふにも笑《わら》はれざりき──
長《なが》いこと捜《さが》したナイフの
手《て》の中《なか》にありしに。

「ナイフ」をどう表わすか、おんばたちはしばし思案。啄木が切りたかったものが果物なら、魚や野菜を切る「包丁」は合わないし、「ナイフ」のままでは気どっているし……。そこで、「小刀《こがたな》」に。

あの頃《ころ》ァ　ゆぐ噓《ぼが》ひったったぁ。
しゃァしゃァど　ゆぐ噓《ぼが》ひったったぁ。
汗《あせ》ァ　出《で》るなぁ。

あの頃《ころ》はよく噓《うそ》を言《い》ひき。
平気《へいき》にてよく噓《うそ》を言《い》ひき。
汗《あせ》が出《い》づるかな。

「ぼが」は噓の意。「ぼがァひる」と言うと、大の男が豪快に噓をつく感じだそう。くり返しのリズムも効いていますね。「あぶくたった、にえたった」のような伝承歌の調べも思い出しつつ。

重《おぶ》でァ荷物《にもづ》 下《お》ろしたみでァな、
塩梅《あんべァ》だったぁ、
この寝台《ねでァ》の上《うえ》さ来《き》て 寝《ね》だどぎァ。

重《おも》い荷《に》を下《おろ》したやうな、
気持《きもち》なりき、
この寝台《ねだい》の上《うへ》に来《き》ていねしとき。

病いが深刻になっていく啄木。おんばは、その気持ちを「塩梅《あんベァ》」と……。たしかに、わたしの祖母なども、料理の味のほか、からだの具合も「アンバイ」と言ってましたっけ。ものごとのなかに、「気持ち」を溶かした言葉かもしれません。

真夜中《まよなが》ァ　ふっと目《め》ァ覚《さ》めで
なんつごどもねァぐ　泣《な》ぎだぐなって
蒲団《ふとん》ば　かぶったぁ。

真夜中《まよなか》にふと目《め》がさめて
わけもなく泣《な》きたくなりて
蒲団《ふとん》をかぶれる。

闇夜に襲来する、どうしようもない深い悲しみ。
啄木の「かぶれる」を、おんばは「かぶった」に。
このような例はほかにもあるので語感を尋ねたところ、大船渡の言葉では、「～る」だと「これからする」の意になり、そぐわない、とのこと。

何《なに》が ひとづ
でっげァ悪事《あぐじ》しでがして、
知《し》やねぇ顔《つさ》していでァもんだぁ。

何《なに》か一つ
大《おほ》いなる悪事《あくじ》しておいて、
知《し》らぬ顔《かほ》してゐたき気持《きもち》かな。

役者が見得を切るセリフのように豪胆なおんば訳。「一つ」に対し、比較的若手から「ひとっつ」という案が出ると、年長のおんばが毅然としました。「大いなる悪事」を指すのだから、ずしんと腹に溜まる、濁音の「ひとづ」だ、と……。

人《ひど》だれば えっとう深《ふ》げァ悲《かな》すみァ
これがぁ。
ふっと目《まなぐ》ば ひっくったぁ。

人間《にんげん》のその最大《さいだい》のかなしみが
これかと
ふっと目《め》をばつぶれる。

死と間近に向き合っていく啄木。「人《ひど》だれば」は人であれば、「えっとう」は最も、「ひっくる」は閉じるの意。大津波も含め、人生の年輪が刻まれたおんばの言葉といっしょに読むと、本歌もさらに深く響くよう。

たまだまに、
声《こえ》っこ出《だ》して笑《わら》ってみだぁ——
蝿《ヘァ》っこの手《て》ぇ揉《も》むのァ 可笑《おが》すくて。

ひさしぶりに、
ふと声《こゑ》を出《だ》して笑《わら》ひてみぬ——
蝿《はひ》の両手《りやうて》を揉《も》むが可笑《をか》しさに。

小林一茶の俳句「やれ打つな蝿が手をすり足をする」を踏まえると同時に、発見し直して、啄木は思わず笑ったのでしょう。おんば訳からは、いっそう屈託ない声が響いてきます。

童《わらし》ィ怒《おご》ったけァ、
泣《な》ぎ泣《な》ぎ 寝《ね》ですまったぁ。
口《くち》っこ ちょこっと開《あ》げだ寝顔《つさ》ァ 触《さわ》ってみっかなぁ。

児《こ》を叱《しか》れば、
泣《な》いて、寝入《ねい》りぬ。
口《くち》すこしあけし寝顔《ねがほ》にさはりてみるかな。

「泣《な》ぎ泣《な》ぎ」は、泣きながらの意。「口《くち》っこ ちょこっと開《あ》げだ寝顔《つさ》ァ」、いかにも愛らしい響きですね。あどけない命をいとしく見つめるおんばの様子も、その響きからありあり伝わって。

ノート

おんば訳の魅力

「おんば」とは

「話すのァいいけども、書ぐのァ大変だなぁ」。参加の皆さん自身、文字にしたことがほとんどない。大船渡の話し言葉は「ケセン語」とも呼ばれ、地元が誇りをもつ言葉。その豊かさに、わたしは夢中になった。おんば訳の大黒柱の一人、金野孝子さんのお知恵を借りつつ、訳の推敲を重ねた時間も、夢中だった。

ケセン語の文法や語彙については、すでに山浦玄嗣『ケセン語大辞典』『ケセン語の世界』、金野菊三郎『気仙方言辞典』、菊池武人『岩手気仙の方言』などの偉業があるが、わたしにとっても、おんばの声は、くめどもくめども尽きない泉。

「おんば」という語は、親しみを込めて、年長のよその女性を呼ぶときに使われる。金野菊三郎の辞典では、「年輩の婦人に対する愛称」。標準語の「おばさん」「おばあさん」に近いが、敬愛と親愛の気持ちも入る。当地のアクセントでは、「おんば」。「おんばァ」と伸びることも。

この訳の主力になった皆さんは、だいたい八〇歳くらい。貫禄のあるおんばたちだ。

啄木とおんば

どうして石川啄木か。岩手生まれと言えば、震災とからんで宮沢賢治も話題になるが、寄り添えるのは、むしろ啄木じゃないか。ぼんやり、そう感じた。短歌の短さも魅力。つぎつぎ訳せば、快いテンポが催しに生まれそうな。

そしてはじめてみれば、啄木は、この訳を待っていたんじゃないか……。そう思うほど、三陸海岸の声は、短歌の心をつかまえている。

青春の傷《いた》みや切なさを詠ったものとして愛唱されることも多いが、企画を進めながら、啄木への興味を深めていくと、彼自身が記した『一握の砂』の広告は、こんな内容。「これは、痛苦の声。明治の新しい短歌の読み手は、若い男女に限られてきたが、この歌集は、中年など広い読者に届けたい」。

詩人の中村稔は、人生の苦味を味わった、年輪を刻んだ人にこそ、読んでほしい本として啄木は書いたと、評論で強調する。

未曾有の地震と大津波。それを経験したおんばたちが、短歌をのぞき込み、「東海《ひんがす》の小島《こずま》の磯《えそ》の砂《すか》っぱで……」と読みくだけば、蟹と戯れる人間に、ふしぎな重みが宿るのではないか。壊れた建物、ひしゃげた船、打ち上げられた無数の靴も、うしろに浮かんでくるような。蟹の目には、親しかった人の面影《おもかげ》がひそんでいるような……。

エッセイ「啄木と津波」で書いたように、おんば自身は、「石川啄木の歌」として訳している。じぶんをことさら投影したわけではない。だからこそ、わたしの方が啄木に選ばれて、大船渡へ飛んだような気がしている。

三陸沿岸のなかで、そこで企画するようになったのも、当初は、文学館の担当者、高橋敏恵さんが、当地ならいくらか地の理を知っているからだった。が、前述したように、大船渡は、少年、啄木が、津波を実感した場所。それに気づいたのは、催しを重ねてからなのだ。

さらに、その胸に息づく東北の根っこも、おんばの声は、みるみる引き出す。

ふと深《ふか》き怖《おそ》れを覚《おぼ》え

ぢつとして
やがて静《しづ》かに臍《ほそ》をまさぐる

人間の実存に迫るような傑作だと、中村が高く評価する歌は、

ふっと　おっかねァぐなって
ちょんとして
それがら　静《すず》がに臍《へそ》ぉほじぐる

絶妙な可笑しみ。ペロッと、ヘソのゴマをなめ、ニッと、歯を見せている裸んぼうが、暗がりにいるような……。こくのあるからだが紡ぐ深いユーモア、飄逸《ひょういつ》を、東北の響きはいっそう鮮明にする。おんばの声は、その息吹きが啄木短歌にあるのを、サラッと見抜く。

盛岡中学時代を詠んだ短歌が、東北弁を通して、生き生きとよみがえるのは、言うまでもない。

限りない言葉

出会ったのは、限りなく豊かな「声」の世界。ここでは、どうやら、それぞれの人がそれぞれの言葉をもち、しかも自覚している。「おらのケセン語と、あの人のァ違う」。何度、聴いたことか。会場でのわたしの仕事は、おんばたちが提案する訳の声を、黒板やホワイトボードに書きとること。これが難しい。

啄木の代表作の一つ、「ふるさとの山に向ひて／言うことなし／ふるさとの山はありがたきかな」の「言うことなし」を訳す場合、「言うごだァねァ」という人も、「言うこだねぇ」の人も、「言うことにゃァ」の人もある。しかも、ひらがなで表わしきれない音もあるので、できるだけ近づけて書いているにすぎない。リズムの良さや意味の確かさから、一つを選び、ほかの方には我慢していただいて訳を作るのだが、このときばかりは、じぶんのおどけた性格がありがたい。ふだんは和気あいあいのおんばたちだが、ほんとうに、ケンカしそうなときもあった。

この訳は、おんばとわたしの出会いの形。あれこれ練り上げたが、べつの人が訳したら、かなり違ったものになるだろう。大船渡に限らず、濃い土地言葉がある場所に共通するだろうが、文字にすることが頭にない「声」の世界は、そもそも無限に自由。どの町、どの字《あざ》に住んでいるか、海寄りか山寄りか、際限なく言葉が分かれる。それでも、大まかなまとまりがあって、それがケセン語。

いや、「○○辺りの人の言葉ァ、おらにもゆぐわがんねァ（よくわからない）」と言う。はっきりわかり合えないのも平常、平気。まるで異空間が身近にあるような……。

しかも、地域だけで割りきれない。家族関係、つき合い、仕事、年齢、人柄など、これまでの人生の結晶として、「じぶんの声」があるようだ。同じ町に住んでいても、どんな仕事かで違い、同じ仕事でも人柄で違う。おんばの言葉には、生きてきた歴史そのものが宿されている。それゆえ、それぞれが微妙に、ときには大胆に違い、なお誇り高い。土地言葉とは、一人一人の言葉かもしれない。

濁音のふしぎ

大船渡では、濁音がふんだんに響く。

「いつかのこと」は「いづがのごど」。「足もとに落ちてた」は「足もどさ落ぢでだ」。おんば訳の魅力の一つは、濁った音の深い響き。ガ行、ダ行のおかげで、標準語とは比較にならないほど、多彩な音楽。文字でも、それは伝わるだろう。

しかも、どこでどう濁るかは、その人、そのときしだい。「いづがのごど」は、「いつかのごど」「いつがのごっと」でもいい。口のなかの流れで変わる。

「なんでもテンテン(濁点)、付げればいいわげでねァ(いいわけじゃない)」。黒板に書きとりながら、何度、注意を受けたことか。そのたび頭を掻いたが、それは自在に操っていい振り幅のよう。「点」でなく「面」として声がある。

濁音は、声帯を震わせる方だ。ためしに、首に手を当て、「カ、カ、カ」と言ってみる。喉は震えていない。「ガ、ガ、ガ」と言ってみる。振動が手に伝わるはずだ。清濁は、声帯を震わせるか否か。

どっちつかずの微妙さも含めて。

はじめに、「濁った音の深い響き」とわたしは書いた。なぜ、そう感じるのか。それは、口よりも深い場所にある声帯を、実際に振動させているからだろう。からだの奥を、ほんとうに使っている。

会場で、こんなことがあった。

「何か一つ／大いなる悪事しておいて、／知らぬ顔してゐたき気持かな。」という啄木の歌の「何か一つ」を訳していたときだ。やや若手から、「ひとっつ」という案が出て、わたしは黒板に書きとった。すると、年長のおんば、斎藤陽子さんが毅然として、それは、「ひとづ」だと。「大いなる悪事」を指すのだから、「ひとっつ」などという軽い「一」ではない。どっしり腹に溜まる、濁音の「ひとづ」だ、と。そして、腹に石を落とすように、その語を何度も唱えた。

単なる数ではなく、軽重をもった「一」。おんばは、からだの感覚と音のニュアンスを結びつける。清濁という振り幅があること、豊かな濁音があることは、そんな感覚を握りしめていたい表われでもあるようだ。

肉感的な響き

以前、東北の画家、棟方志功《むなかたしこう》が彫刻刀を振るっている様子を映像で見たことがある。版木に限りなく顔を接近させていた。もちろん、彼の視力、やがて片目の視力を失ったことも影響しているだろうが、こちらの足がすくんでくるような、胸に迫る力。そのとき、この姿勢でなければ見えてこない世界を、この画家は知っていると直感した。じつは、啄木の短歌、

酒《さけ》のめば鬼《おに》のごとくに青《あを》かりし
大《おほ》いなる顔《かほ》よ
かなしき顔《かほ》よ

をおんばたちが訳したとき、突然、ひらめいたのが、志功のこの身振り。

啄木の本歌では、酔った人と詠み手の間には、ある程度、距離があるだろう。詠み手は、相手

の上半身が眺められる程度に離れている。「大いなる」の意には含蓄があるが、「かなしき」を連ねることで、その顔は少し縮み、やがて寂しげに遠のくよう。それが、

酒《さけ》っこのめば 鬼《おに》みでァに青《あお》ぐなったぁ
でっけァ顔《つら》だなぁ
もぞこぇ顔《つら》だなぁ

と訳したとたん、顔が巨大化するではないか。「でっけァ顔《つら》だなぁ」、迫ってくる酔漢の顔。志功のド近眼のレンズ、ずんずん接近してくる力を感じた。そのように読ませる「言葉」があるのだ。

まず言えるのは、一語、一語の存在の大きさ。

ガ行・ダ行の濁音も、「きゃ」「しょ」などの曲がった音も、小さい「っ」も、ふんだんにあるおんばの声は驚くほど多彩。「し」と「す」、「じ」と「ず」等の曖昧さからは、独特の土のにおいが立ち上がり、アクセントやイントネーションも、標準語ともちろん違う。

ここでは、単語は意味を伝えるだけではないよう。複雑なその響きが、内容の肉感も、まるごと運ぶ。まるで、全篇がオノマトペ（擬音語・擬態語）であるかのように。

つまり、「でっけァ」は、大きい意だけでなく、大きさそのものの実体と感嘆も運んでいる。それを読者に浴びせている。だから、たちまち巨大化する酔っぱらい。「もぞこぇ」も、モゾッとする胸の感触に、不憫《ふびん》の実感があるのだろう。

どっかり肉感的な、おんばのうた。それが待ち前の豪快さへも、胸をしめつけられる哀切へも、思わず吹き出すユーモアへもつながっている。

なお、「でっけァ」の「けァ」など、大きい口で母音の「エ」と「ア」がつながる音は、当地ならでは。わたしの耳には「でっきャァ」に近く聞こえるが、真似しても発音できない。大船渡の若い世代も、上手に言えなくなっているそうだ。

「じぶん」のありか

なみだなみだ

不思議《ふしぎ》なるかな
それをもて洗《あら》へば心《こころ》戯《おど》けたくなれり

おんばが訳すと、

なみだァ なみだァ
不思議《おがす》もんだなぁ
そんで洗《あ》れァば 戯《おだ》づだぐなるなぁ

読みくらべると、歌の詠み手の存在感には、だいぶ違いがありそうだ。

啄木の方は、どうも人の気配が薄い。誰かが泣いているというより、涙の働きをとり出している。「なみだなみだ」をべつの言葉にするなら、「なみだというものは」だろう。浄化の働きがスポット。

一方、おんばの方は、泣いている人が、ありあり目に浮かぶではないか。わたしには老媼が浮かぶが、だらだら頬を濡らしながら、あるいは、そうして泣きじゃくった直後に、おどけたくなったことを、読者に伝えている。

歌人の佐佐木幸綱は、啄木の特徴をこのように言う。「啄木の歌は、一般性に付こうとする。じぶん独自の体験として作品を表現するのではなく、体験の痕跡を抽象化する」。たしかに、そうだ。泣いた「じぶん」ははっきり見せず、抽象化して、涙の働きの方を残す。一方、おんばは、泣いて、感じたその人間を、具体的に復活させている。

おんば訳は、純粋な話し言葉。セリフに近い。それゆえ、この訳に限らず、人が人に語りかける営みがしぜんに表われる。啄木が抽象的なのは、会話で使われない文語の文体も、関係しているのだろう。

佐佐木はこのようにも語っている。「啄木の短歌を読むとき、私は少年時代のある場面を思い出すことがある。キャッチボールの相手がみつからないで、しかたなしに家の塀に向かってボールを投げている」。一方、おんば訳は、がっちりと、人間どうしのキャッチボール。ピッチャーのおんばが、読者をキャッチャーに据《す》えている。

地べたにふん張って、土のにおいがする声の豪球を、読者へじかに放るおんば。啄木は、地上からちょっと浮いた空中楼閣の内側で、透明なボールを、抜群の制球で塀に投げる。

彼の狙いは、読者が、それぞれの「じぶん」に重ねること。啄木自身をできるだけ消したのは、一人一人の読み手が、泣きじゃくった出来事を思い出し、我に引きつけられるように……。つまり、いつのまにか、ピッチャーのつもりになれるように……。

三陸の地べたで歌い直した「おんばのうた」。図らずも、中空にいる啄木が、いちばん望んだ「読み方」でもあるよう。もちろん、それを、ひとりぼっちの啄木を地面にひき下ろした、おんばの手柄と評していい。

試みに、「なみだなみだ／不思議《ふしぎ》なものだ／それで洗えば戯《おど》けたくなる」と、標準語で言い換えてみる。おんばほど、「じぶん」がせり上がってこないだろう。土のにおいがしない共通語は、それぞれの人間を立ち上げる力が弱いよう。おんばの声の強さは、前述したように、土地言葉がじつは一人一人の言葉でもあること、それを表現できる多彩な響きをもっていることを背景にしているのだと思う。

心のいろいろ

ときに、短歌の思いをとらえる角度に、微妙なズレが出ているのも面白い。二つの言葉を並べて読むと、歌の「心」が立体的になるようだ。

友《とも》がみなわれよりえらく見《み》ゆる日《ひ》よ
花《はな》を買《か》ひ来《き》て
妻《つま》としたしむ

啄木のなかでも、人気のある一つ。俳人の坪内稔典も、花を買って妻と親しむのはキザとはいえ、じぶんもそんな気分になると綴る。

立派げになった友人たちを、遠くから眺めているだけの詠み手。そこには、いくらか嫉妬があるだろう。そして、可憐な花を買い、活けて妻と眺める。自虐や哀感、なけなしのプライドもあるはずだ。読者は、複雑なその自尊心に共感する。啄木が書きたかったのも、その「気分」のはず。ちょっと、レントゲンみたいだな、とわたしは思う。写したのは、花を買う男。写っているのは、ひりひりするような男の内側。それが、おんば訳では、

友《とも》だぢが　おらよりえらぐ見《め》える日《ひ》ァ、
花《はな》っこ買《か》って来《き》て
ががぁど　はなしっこ

冷たいプライドがない。「おら」の気分は、「しょうがない」だろう。かわりに、女房と温もるコタツ布団の染みなどが、行間から見えてきそうな……。

レントゲンではなく、ここにあるのは濃厚な生活感。セリフのようなおんばの言葉は、まるで芝居の一場のように、具体的な暮らしぶりを呼び寄せる。啄木の歌では総じて、孤独な内面が引き立つが、おんば訳の方は、人間どうしのつながりが土台。しかも、端《はな》から目線が低い。

そんなへり下った眼差しならではの心もある。

あんださ似《に》た姿《すがた》ァ 街《まち》で見《み》かげだ時《とぎ》
気持《きも》つァ、ドガドガどなったぁ
もぞいど思《おも》ってけろ

思わず、わたしは、喜劇俳優、チャールズ・チャップリンの恋愛シーンを思い出した。恋しい人を見かけて、パチクリする目。ドガドガと、はり裂けんばかりの心臓。そして、切なげに眉を寄せて……。人を好きになることの、ひたむきな純情が、おのずと抱える喜劇的な涙ぐましさ。たった三行に、心のドラマが凝縮されている。本歌では、

君《きみ》に似《に》し姿《すがた》を街《まち》に見《み》る時《とき》の
こころ躍《をど》りを

あはれと思《おも》へ

こちらの男は、ちょっと高みにいて、じぶんを捨て切れてはいないだろう。

二枚目な啄木、三枚目なおんば。エッセイ「啄木と笑い」で書いたように、笑いを愛する心は、おんば訳のなによりの底力。

せづねぇのァ
あの白《しろ》い玉《たま》みだいな腕《けアな》さ残《のご》した
チュウ　の痕《あど》だべ

ブ厚い唇の肉感に、会場じゅうが大笑いした。仮設や文学館のスタッフも、吹き出したっけ。その言葉は、本人も周りも元気にするよう。実際、土地言葉でおしゃべりしているときのおんばたちは、とても楽しそうなのだ。

さらに、眼差しの低さが生きるのは、ユーモアばかりではない。

仲間《ながま》ンなって遊《あす》ぶもなァねがったぁ
意地腐《いぢくさ》れな巡査《だんぽ》さまの童子《わらす》ァど
不憫《かわえそ》だったけぇ

巡査に「さま」が付く。クソ威張りする警官より立場が弱いことは、はじめからわかっている。だからこそ、声色によっては、強烈な皮肉にもなるんじゃないか。「不憫《かわえそ》だったけぇ」を、空々しい声で、嫌味《いやみ》まじりに読むならば、「頼まれたって、あんな巡査の子と遊ぶもんか」。辛辣に、そう振り返っているようにも読めてくる。

友人たちの回想によると、啄木は痛烈な皮肉屋だったらしい。「友として遊ぶものなき／性悪の巡査の子等も／あはれなりけり」。一見、哀れみ深そうな、抒情的な本歌の底には、じつは毒があったのかもしれない。書き言葉の啄木短歌は、それをありあり乗せることができなかったのかもしれない。

　おんば訳と並べることで、啄木の心の深層を探ることもできそうだ。

東北弁のタイムマシン

　盛岡中学時代を詠った啄木の短歌、「晴れし空仰げばいつも／口笛を吹きたくなりて／吹きてあそびき」を、おんばはこう訳す。

　晴《は》れだ空《そら》ァ　見《み》やればいづも
　口笛《くづぶえ》ば　吹《ふ》ぎでァぐなって
　吹《ふ》いで遊《あす》んだったぁ

また、「よく叱る師ありき／髯の似たるより山羊と名づけて／口真似もしき」は、

いづもかづも 怒《おご》る先生《せんせー》いだったぁ
髯《ひげ》ァ似《に》でっから 山羊《やぎ》ど かもって
口真似《くちまね》もしたったぁ（傍点は新井）

この「だったぁ」「たったぁ」は、なんだろうかと思った。啄木が「き」と記したところの多くが、そう言い当てられている。

おんばの一人に聞くと、一言、遠い過去だと言う。「盛岡さ行った」は最近の過去だが、「盛岡さ行ったった」はもっと離れた昔だよ、と。年を取ると、「だったぁ」「たったぁ」と言いたいことが増えてしょうがない、若い頃が遠くなってしょうがないと笑った。

山浦玄嗣の本では、それは東北弁の特徴の一つだとある。方言研究者・竹田晃子によれば、出来事と現在が切り離されていることを示し、遠い過去によく使われるとある。一方、古語「き」の用法は、古典文学研究者で詩人の藤井貞和が、現在から切り離された過去で、標準語では失われた、紛《まご》うことなき過去表現だと説いている。

さすが、おんばァ。しっかり察し、言い当ててくれたのだ。

古語「けり」と東北・関東弁の「たっけ」（例えば、「あの人は、笑ったっけ」）のつながりは、すでに指摘されているが、「き」と「たった」の近しさは、ひょっとすると、この企画の収穫かもしれない。文語を土地言葉にするチャレンジをしなければ、なかなか気づけないだろう。

語源の違い等もあるので、さらに考えないといけないが、標準的な現代日本語では表わすことのできない、大事なタイムマシン。それが、おんばの声にはいまもある。盛岡中学時代を詠んだ短歌に、啄木が「き」を頻用したのは、その時代を遠い過去として、心に刻みつけたいから。単なる回想ではない。

そこをかっちり訳すことができたのは、遠い過去と最近の過去を使い分けるセンサーをもつ、おんばのタイムマシンならではだ。

言葉のみらい

おんばの声は、東北弁の豊かさとともに、いっそう根源的な「言葉のふしぎ」もわたしたちに教えてくれている。この島国に横たわる、言葉の深い地層が、ぽっかりのぞけているような……。

本書のQRコードから朗読の声を聴くことができるが、「おんばのうた」をどう読むか、それはほんとうは、読者の自由だとも思う。まるで、土地言葉がそれぞれで微妙に違うのと同じように、一人一人の頭の中に、声の音楽が多彩に鳴りひびけば、それもまた、大事な「言葉のふしぎ」のはず。もしかしたら、「言葉のみらい」になるかもしれない。

魅力は無尽蔵だと思う。本歌とくらべると、おんば訳には女の目線が活きているのも、言葉のリズムがわらべうたのように紡がれるのも面白い。標準語では冷たくなりがちな漢語や外来語が、当地ならではの響きを通せば、温かくなるのも意味深そう。さらに、「てにをは」の省略やシンプルさは、日本列島の言葉は、ほんとうに膠着語《こうちゃくご》（助詞等によって、糊のように単語どうしが接着された言語）なのか、という大事な問い掛けもはらんでいるかもしれない。

日本文学研究者、ドナルド・キーンは、人間が変化を求めるときに、啄木文学の人気は高まると言う。おんば訳「啄木のうた」が、呼び水になるといい。

＊参考
・山浦玄嗣『ケセン語大辞典』（無明舎出版、二〇〇〇年）
・山浦玄嗣『ケセン語の世界』（明治書院、二〇〇七年）
・金野菊三郎編『気仙方言辞典』（大船渡市芸術文化協会、一九七八年）
・菊池武人『岩手気仙の方言』（文潮堂、一九七二年）
・中村稔『石川啄木論』（青土社、二〇一七年）
・佐佐木幸綱「啄木短歌の方法試論」『新文芸読本　石川啄木』（河出書房新社、一九九一年）
・坪内稔典「啄木のラブレター」『子規のココア・漱石のカステラ』（日本放送出版協会、二〇〇六年）
・竹田晃子「岩手県盛岡市方言におけるタッタ形の意味用法」『国語学研究　第三十九集』（東北大学文学部国語学研究室内「国語学研究」刊行会、二〇〇〇年）
・藤井貞和『日本語と時間――〈時の文法をたどる〉』（岩波新書、二〇一〇年一二月）
・ドナルド・キーン著、角地幸男訳『石川啄木』（新潮社、二〇一六年）

お世話になった皆さん

（敬称略、五十音順）

翻訳協力

第一回　石川孝子　及川一三　及川喜美子　柏崎幸郎　刈谷房子　坂本育子　坂本喜一郎
笹浦テルヨ　清水修子　野村節三　野村美保　平澤信夫　村上仁美

第二回　簡智恵子　金野克郎　草刈政子　小松紀久代　鈴木昭司　富谷英雄　平山睦子
細川和子

第三回　金野かおり　後藤順子　齋藤栄子　志田るか　富谷英雄　中村祥子　花輪制子
門間サツキ

第四回　栗村ハナ子　佐々木知子　佐藤洋子　千葉京子

第五回　金野綾子　金野孝子　今野スミノ　鈴木ケイ子　中村祥子　村上リサ子

第六回　金野克郎　草刈政子　次藤和美　富谷英雄　中村祥子　細川和子　古田美保子

第七回　岩渕綾子　金野孝子　田端五百子　村上美江
第八回　伊藤圭子　岩渕綾子　簡智恵子　金野孝子　斎藤陽子　菅原智子　田端五百子
　　　　田村栄子　富谷英雄　中村祥子　野村美保　平山睦子
第九回　岩渕綾子　簡智恵子　金野孝子　金野幸恵　斎藤陽子　田端五百子　田村栄子
　　　　富谷英雄　中村祥子　平山睦子
編集協力　金野孝子　中村祥子
朗読協力　金野孝子
会場協力　大船渡市応急仮設住宅支援協議会みんなのコールセンター
　　　　　仮設住宅集会室スタッフ
企画協力　日本現代詩歌文学館（担当・高橋敏恵）

催し一覧

第一回　二〇一四年一一月二二日　杉下仮設住宅（岩手県大船渡市三陸町越喜来字杉下）
第二回　二〇一五年二月一三日　沢川仮設住宅（岩手県大船渡市盛町字沢川）
第三回　二〇一五年六月六日　長洞仮設住宅（岩手県大船渡市猪川町字長洞）
第四回　二〇一五年八月六日　永沢仮設住宅（岩手県大船渡市大船渡町字永沢）
第五回　二〇一五年一一月二八日　後ノ入仮設住宅（岩手県大船渡市赤崎町字後ノ入）
第六回　二〇一六年二月二三日　沢川仮設住宅（岩手県大船渡市盛町字沢川）
第七回　二〇一六年二月二四日　永沢仮設住宅（岩手県大船渡市大船渡町字永沢）
第八回　二〇一六年六月一一日　総合福祉センター（岩手県大船渡市盛町字下舘下）
第九回　二〇一六年九月八日　総合福祉センター（岩手県大船渡市盛町字下舘下）

＊催しは、詩の遊び「わくわくな言葉たち——大船渡の声」という名前で、仮設住宅の集会室、総合福祉センターの学習室を会場に行なった。

おわりに

天上へ投げキッス

それは、とびきり爽やかな六月の日曜日でした。前日に、土地言葉訳の催しを終えたわたしは、大船渡の詩人、中村祥子さん（愛称、サッちゃん）の案内で、大船渡市赤崎町の青空市場、「赤崎復興市」を訪ねていました。

広場には、美味しそうなもの、かわいいものを商う屋台。あれこれ目移りしながら、津波に耐えた地元のケヤキを絵柄にした花びん敷、地物のちりめんじゃこなどを選んだあとは、サッちゃんと椅子に座って、正面で始まった歌とギター演奏に耳傾けておりました。

すると、お尻がもずもず。くすぐったい。ふり向くと、つややかな額のおんばが、ニマッと笑っている。ツっ突いていたのです、わたしのお尻を、その杖で。まるで意のままに伸びる腕みたいに。「見《み》だこどない尻《しり》だもの。どごから来《き》だぁ？」。

横浜から来たことを伝えると、「あれまぁ！」と、たまげるおんばァ。「これがホントのお尻合《しりあ》い（お知り合い）」と、すかさず合いの手を入れるサッちゃん。ちょっくら年少の二人のおんばも輪に入り、一気におしゃべりの花が咲いて……。

口八丁、手八丁のこのおばあちゃん。お年を尋ねたら、九二歳とのこと。赤崎は質の良い牡蠣養殖で有名な町。数年前まで、殻から身を取る「牡蠣剝《かきむ》き」の仕事をやっていたそうで、「ずっと現役だから、いつまでも若いんだよ」とサッちゃん。「いんやァ、膝は悪いけども、口の方がよっぽど悪い」。

頭の回転もお見事で、目を丸くしていると、手提げのなかから、よく冷えた小瓶をこちらの手のひらへ……。「土産《みやげ》だがら」。見れば、塩ウニの瓶詰、わたしの大好物ではありませんか。市場で買ったばかりのはず。もったいないですよと、ひとまず遠慮はしたものの、「なァに、遠《とお》ぐから来《き》たんだがらぁ」。

なんというキップ。嬉しく恐縮しつつ、礼状を書きますから、名前とご住所を……と手帳を取り出すと、ちょっと得意げな声で「ヤマモト、フズコ!」。はい、ヤマモトさんですね、そのまま書き留めていると、周りのおんばたちからは、沸き立つような大笑い。「その人は、大船渡のヤマモトフジコさんだよ」。

往年のミス日本、女優の山本富士子をパロっていることに、ようやく気づいたわたし。同じフジコでも、三浦不二子さんでありました。

＊

催しで知り会ったおんばたちも、大らかさ、濃《こま》やかさ、そして笑いを愛する心。おおどかな海の恵みが、広々した気風を支えているのでしょう。食べ物も、人間を含めた生き物も、そもそも、海が育んでいるという奥深い実感。震災を経ても、いえ、震災を経たからこそ、それは変わらない……。大船渡で励まされているのは、こちらの方でした。

翻訳に選んだ一〇〇首は、ポピュラーな啄木短歌を取り入れながら、このような浜のおんばたちに訳してもらえたら、さぞかし面白いのではと、わたしが感じたものです。

土地言葉訳にお知恵をお貸しくださったすべての皆さんに、深くお礼を申し上げます。皆さんが興味をもってくださったおかげで、成し遂げることができました。心から、ありがとうございました。さりげない風格をもった生き方に、わたしは憧れます。

この縁で、大船渡在住の詩人、歌人と知り合えたのも幸運でした。編集・推敲にご協力くださった二人の詩人、金野孝子さん、中村祥子さんがいなければ、本にまとめることはできませんでした。

赤崎で長らく保母をしていた金野孝子さんは、七〇歳からはじめた詩作を、第一詩集『山吹』（私家版、岩手開発産業株式会社印刷、二〇一五年）として出版しました。土地言葉で書かれた作品も収録されています。いま、八〇歳代半ばの彼女は、ケセン語とニホン語（標準語）の、いわばバイリンガル詩人。丁寧に朱筆を入れてくださった推敲の原稿や優しい心遣いのお便りは、わたしの宝物です。本書の音源のために、おんば訳の朗読もお願いしたところ、快く引き受けてくださいました。QRコードから聴ける味わい豊かな朗読は、金野さんの声です。

中村祥子さんは、牡蠣養殖の仕事をしていましたが、震災後には、大船渡詩の会による震災詩選集『3・11の詩人たち――こころの軌跡――』（イー・ピックス出版、二〇一二年）の編集を務めました。「いわて震災詩歌2017」の優秀作に選ばれた作品が、NHKラジオでも放送された、気鋭の詩人です。同世代の彼女には、本作りも含めて、何度、相談のメールを書いたことか。「被災地の人間は、ふり出しに戻ることに慣れている」。行き詰まったあるとき、サッちゃんからもらった一言、胸に染みました。

引っ越したばかりの復興住宅にお招きくださった岩渕綾子さん、ご友人の田端五百子さんは、いつのまにか催しの常連に。簡智恵子さんのさし入れの手作り菓子「なべやき」、平山睦子さんのつみれ汁も思い出深いです。また、回を重ねるごとに、「おんば尽くし」となった催しの白一点、富谷英雄さんの存在は、強力な女性陣を和ませてくれました。最高齢の参加者、一〇〇歳近い今野スミノさんからうかがった津波の話を、忘れることはできません。

出版に向け、励ましを賜った山浦玄嗣さんにも感謝します。

催しの共催者、協力をご英断くださった日本現代詩歌文学館、とりわけ、詩歌の文学史に詳しい豊泉豪さん、プロジェクト担当の高橋敏恵さんにはお世話になりました。各回のあと、高橋さんと交わした反省が、つぎの一歩でした。

出版の日の目を見たのは、未來社社長の西谷能英さんのおかげです。ご厚情の一声、とても嬉しかったです。装幀・組版のアタマトテ・インターナショナル、榎本了壱さん、蛭田恵実さんのお力添えにも、深くお礼を申します。おんばの声にぴったりの題字と活字は、榎本さんのセンスがなければ、出会えませんでした。俵万智さんからは、温かい帯文をいただきました。折々に助言をくれた批評家の樋口良澄にも、この場を借りて感謝します。

そしてフィナーレは、天上の石川啄木さんへ、海のおんばたちといっしょに、投げキッス。

新井高子

二〇一七年九月

編著者経歴

新井高子（あらい・たかこ）

一九六六年、群馬県桐生市生まれ。慶應義塾大学大学院修士課程修了。詩人。埼玉大学准教授。詩誌『ミて』編集人。詩集に、『タマシイ・ダンス』（未知谷、小熊秀雄賞）、『ベットと織機』（未知谷）等。英訳詩集に、『Soul Dance』（Mi'Te Press、Jeffrey Angles 訳）等。東北文化に惹かれた学生時代、たびたび岩手を訪れた。

書名　東北おんば訳　石川啄木のうた
発行日　2017年9月29日　初版第1刷発行
2017年12月25日　初版第2刷発行
定価　本体1800円＋税
編著者　新井高子
発行者　西谷能英
発行所　株式会社　未來社
〒112-0002　東京都文京区小石川3-7-2
tel. 03-3814-5521（代表）　Email：info@miraisha.co.jp
http://www.miraisha.co.jp
振替　00170-3-87385
印刷・製本　萩原印刷
ISBN978-4-624-60120-1 C0092